目次

キャンベルのスープ缶

薄い遮光カーテンの向こうには四月の春の、日曜日の風景が広がっているのだとわかっているのに、私はカーテンを開けることができない。昨日の夜もほとんど眠れなかった。うっすらと眠気が来ては浅く眠るものの、短時間で目が醒《さ》めてしまう。この頃はいつもそうだ。体がひどくだるい。さっきからトイレに行かなければ、と思っているのに、体を起こすこともつらい。自分でも、自分の体のどこかがおかしいと思うのだけれど、熱があるわけでも、腹痛があるわけでもない。ただ、体がひどくだるくて、頭が重いし、肩こりもつらい。

週に四日のバイトのせいかなあ、と思いながらやっとのことで寝返りをうつ。

壁のほうに耳が近づく。私の住まいは、山手線《やまのて》の真ん中にある大学からJRと私鉄を乗り継いで約四十分、駅から徒歩十五分の壁の薄いワンルームマンション。ぎりぎり二十三区とはいえ、まわりには畑も雑木林もある。引っ越して来たばかりの頃は隣の部屋の目覚まし時計の音が聞こえてびっくりした。それでも、隣人……一言二言交わしたけれど、私の大学よりも数段頭のいい大学の社会学部に通う女の子で、やはり私と同じようにこの春に上京してきた子……の生活音、例えば、テレビの音や食器を洗う音が聞こえることは、ひとりぼっちでこの町にやってきた私にとっては随分と心安らぐことに違いなかった。彼女の声だけでなく、今日は男の子の声も聞こえる。彼氏かなあ、いいなあ……と思いながら、彼女が私よりも速いスピードでこの町に馴染《なじ》んでいることにひどくあせりを感じる。

突然、声が途切れた。思わず、壁に耳を近づけそうになったけれど、自分がひどくはしたないことをしているようで、枕を頭の上にかぶせる。

地元の大学に行ってほしい、というお母さんを説き伏せて、東京の大学に進むことは大変だった。何しろ、うちは母一人子一人の離婚家庭だ。私だってお母さんの傍を離れることは寂しかった。でも、地元の大学には私が学びたいと思う学部がなかった。偏差値だって随分足りなかった。洋服やファッションの勉強ができる被服科のある大学に進みたかった。大学を出て東京でアパレルの仕事につく。それが私の夢だった。生活費の仕送りは最低限でそれ以外はなんとかバイトでまかなう、という条件付きでお母さんから許しが出るまで随分と時間もかかった。

去年の夏のことを思い出す。オープンキャンパスに来たときは、ほんとうに楽しかった。先生も先輩もかっこよくて、綺麗《きれい》で、優しかった。東京の町もキラキラ輝いていた。それなのに、私は今、この町にいて心がすごく苦しい。

食欲はまったくなかった。昨日の夜もがんばっておうどんを半分、半ば強制的に口に入れたようなものだ。だけど、食べないと倒れてしまうかも。明日はバイトもあるのだ。何か食べなくちゃ、とのろのろ立ち上がったものの、ずっと横になっていたせいか立ちくらみがした。それでも、そろり、そろりと、キッチンに歩いていく。シンクの前に実家から送られてきた段ボール箱がまぬけに口を開けたままだ。こっちのスーパーでも買えるようなレトルトや缶詰……新聞紙にくるまれていた野菜だけは届いたその日にかろうじて冷蔵庫の野菜室にうつしたけれど、多分、もうすっかりしなびていることだろう。宅配便の伝票は貼られたままだ。母の文字をそのままそこに残しておきたかった。篠原澪様《しのはらみお》、という文字を見るたび、視界に紗《しゃ》がかかる。赤いキャンベルのスープ缶をひとつ手にとって、蓋《ふた》を開け、小鍋《こなべ》にうつした。水を足して、弱火でゆっくり温める。このスープ、お母さんが仕事で忙しいときによく飲んだな、と思いながら、小鍋のなかで温まっていくスープを見つめる。

深い皿にスープをうつして一口飲んだ。だけど、食欲なんてまったくない。それでも飲まなくちゃ、と一匙《さじ》、一匙ゆっくりと口に運んだ。隣の部屋の女の子と男の子のはしゃいだような声が再び聞こえてきた。キッチンの床に座りこんで、皿を抱えるようにして持ち、泣きべそをかいてスープを飲んでいる自分がたまらなくみじめだ。本当に私は東京に一人なんだなあ、と思ったら、涙が一粒、スープの中に落ちた。

ぴこん、とＬＩＮＥの着信を伝える音が聞こえる。私はスープがほとんど残ったままの皿をシンクに置いて、テレビの前のラグの上に放り出したままになっていたスマホを手にする。中学、高校の同級生で大阪の大学に進んだ晴菜《はるな》からだった。

〈連休にそっちに遊びに行くからね！〉

なんて、返事をしようか、と迷っているうちに、再び、ぴょんぴょんと跳ねるクマのスタンプが送られてくる。

〈課題が終わらなくて……〉

何度も書き直してそう送信した。感じが悪いなあ、と思いつつ。

〈じゃあ、夏休みだね！　楽しみにしてる！〉

私もごめんね、と頭を下げるウサギのスタンプを送った。それから、晴菜から着信はなかった。切り替えの早さが晴菜だなあ、と思いながら、嘘を書いて送ってしまったことに急に罪悪感がわき上がってきた。課題なんて嘘だ。学校にはもう一週間も行っていない。バイトだけはこの部屋から這《は》うように休まず通っているが、それ以外、この部屋から出ていない。正直なことを言えば、バイト以外の日はお風呂《ふろ》にも入らず、着替えもせず、ただ、ベッドの上でごろごろしているだけだ。

ラグの上に横になってインスタグラムを開いた。私と同じように東京に進学した友人たちの写真はみんなキラキラと楽しそう。私のインスタは入学式のときに撮ってもらった母と私の写真のままで、更新されていない。写真なんて撮る気にもなれなかった。それくらい、東京に来てからの私の生活は洗濯機の中で回されているみたいに、慌ただしかった。

受験前から女子大だなんてことはわかっていたはずなのに、女の子だけの空間がこんなにきついものだと入学するまでわからなかった。同級生はみんなテレビに出てくる人のようだった。みんな、おしゃれで、綺麗で、洋服にもメイクにもぬかりがない。最初のオリエンテーションのときから、私はもうすっかり気後れしてしまっていた。自分だって、精一杯のおしゃれをしているはずなのに、何かが、どこかが違う。同級生みんなが自分よりも年上に見えた。

教室に入るたびに、自分の服装やメイクを上から下までチェックされる視線に気がついたのはいつのことだったか。ひそひそと隣の人と耳打ちしているのが、自分のことを言われているようで心がきしんだ。自分の洋服やメイクがおかしいのだろうか、と悩み始めた私は、食費をぎりぎりまで切り詰めて、洋服やメイク代につぎこんだ。それでも、高い洋服なんか買えない。自分なりにおしゃれしているつもりだったのに、「その服かわいいね！　どこで買ったの？」と話しかけてくれる同級生はいなかった。ただ一人、「どこの出身？」と聞かれ、地元の名前を告げると、「ふーん」とスマホを片手に興味なさげに答えてくれた同級生がいただけだった。

付属校から上がってきた子も多く、グループはもう自然に出来上がっていた。元から積極的に人に話しかけていく性格でもない。どちらかといえば、という程度ではなく、正真正銘、内向的な性格だ。中学のときも、高校のときも、私があんなふうに楽しく毎日を過ごせていたのは、社交的で快活な晴菜がいたからだ。

楽しそうな同級生たちを横目に、一人でホールで昼食（ほとんど毎日、自分で作ったおにぎり）を食べていても、ここに晴菜がいたらなあ、と思うことが増えた。中学、高校のときの夏の花火大会、体育祭、文化祭、修学旅行……。楽しさしかなかった。

ラグの上で体育座りになり、スマホの写真のフォルダを開く。どの写真にも私の隣には陸上部で真っ黒に日焼けした晴菜がいて、大口を開けて笑っている。このときは、なんにも怖いことなんかなかった。こんなことなら、晴菜にくっついて大阪の大学に行けばよかった。

「東京の大学⁉　うらやましー！　だけど、澪、ほんとに一人で大丈夫？」

と晴菜に聞かれたときには、

「ぜんっぜん大丈夫！」と答えていた自分が今は遥《はる》かに遠い。

ぜんぜん大丈夫じゃなかったよ、と晴菜に伝えるのもバツが悪かった。考えてみれば自分の人生、小学生のときに両親が離婚したことはショックだったけれど、それ以外はずっと谷なんてなかった。晴菜がいつも傍にいてくれたから。そう思うとまた涙が浮かぶ。再び、ＬＩＮＥが着信を知らせる。お母さんからだった。

〈ちゃんとごはん食べてる？〉いつも同じメッセージだ。

〈もちろん！〉私の返信も変わらない。

私の希望を叶《かな》えて東京に送り出してくれたお母さんには絶対に迷惑をかけたくはなかった。明日からは学校に行かなくちゃ、と思いながら、

〈お母さんも体に気をつけてね！〉とポチポチとメッセージを打った。

そのままぼんやりと過ごしてしまい、気づいたときには夜だった。明日のためにも早く寝るのだ、と思っても、昼間に寝てしまったせいもあって、眠りは一向に訪れなかった。暗い天井を見ていたら、ふいに「病んでる人」という言葉が浮かんだ。あまりいい言葉ではない。高校時代、その言葉を使って誰かが悪口を言っているのを耳にしたことがある。そう言われていたのは、不登校であまり学校にやってこない女の子だった。あれ、もしかして、今の自分って、まんま「病んでる人」じゃない⁉　と思ったら、急に怖くなった。

このまま引きこもりになってしまったらどうしよう。もし、この部屋から一歩も外に出られなくなったら……。気がつくと自分の口から、えーん、えーん、と子どものような泣き声が漏れていた。絶対に隣の女の子には聞こえているはずだ、と思いながら、私はその泣き声をとめることはできなかった。

結局、翌日の月曜になっても学校には行けず、私は午後三時からのバイトに行く準備を始めた。こんなことを言ったら店主の純《じゅん》さんはいやな思いをするかもしれないけれど、バイトに行くときには、私はキラキラしていなくていい。とりあえず、顔を洗い、日焼け止めだけを塗って、上はグレイのスエット、下はデニムにスニーカーという、まるで地元にいたときのような恰好《かっこう》で這うように家を出た。バイトまで休んでしまっては、生活すらもままならなくなる。それさえもできなくなってしまっては、自分は終わりだ、と思っていた。

純さんの店は私のマンションと最寄り駅の間にある。晴菜にはカフェでバイトしている、と伝えて、〈かっけー!〉と返信をもらっていたが、それも嘘だ。正確にはカフェではない。「純喫茶・純」、というまるで昭和の遺産のような喫茶店だった。煉瓦《れんが》造りの二階建て。今度、大きな地震が来たら、絶対に危ないのでは? と思われるような年季の入った建物で、外壁には蔦《つた》が手入れをされることもなく、縦横無尽に這い伸びていた。なんで、ここでバイトをするようになったかというと、私が働きたいと思っていたアパレルショップのバイトにすべて落ちたからだった。自分が鈍くさいからだ、おしゃれで、キラキラしていないからだ、と思うと、またまた頭にずーんと重いお釜《かま》をかぶせられた気持ちになった。

純さんの正確な年齢は知らないが、多分、私のお母さんに近い年齢だと思う。白髪交じりのショートヘアに赤い縁の老眼鏡。白いボタンダウンのシャツにベージュのエプロンにデニム。それ以外の服装の純さんを見たことがない。お父さんからこの店を継いだという純さんに直接聞いたわけではないからわからないが、お客さんの話から推測するに、この店は純さんのお父さんが元々経営していたもので、お父さん亡きあと、純さんが跡を継いだようだ。そして純さんは独り身で、子どもはいなくて、ずいぶん前に離婚をした、ということのようだった。

バックヤードで純さんとおそろいのエプロンをつけて、タイムカードを押した。

「よろしくお願いします」と純さんに挨拶《あいさつ》をして、すぐに仕事に取りかかる。仕事自体はそれほど難しいことではない。コーヒーは純さんが淹《い》れるし、私は水やコーヒーを運んだり、テーブルを拭《ふ》いたり、レジを打ったり、トイレ掃除などをすればよかった。仕事が終わって家に帰ると、服にコーヒーのにおいがしみついている。本当なら私は新宿《しんじゅく》か渋谷《しぶや》のアパレルショップで新しい夏物の洋服をお客さんにすすめていたりするはずだったのにな あ、と思ったら、やっぱりちょっと胸が苦しくなった。

常連のお客さんは私にとっておじいちゃん、おばあちゃんくらいの年齢の人が多かった。毎日のようにやってくる人も多いので、私はすぐにみんなから「澪ちゃん、澪ちゃん」と

孫のように呼ばれ、顔を合わせれば、

「東京の生活に慣れた？　一人で大丈夫？」

と聞かれた。大丈夫？　と聞かれたら、「大丈夫です」と返事をするしかなかった。だけど、その返事も嘘だ。ぜんぜん大丈夫じゃない。正直なことを言えば、今すぐにでも新幹線に飛び乗って実家に帰り、お母さんの顔が見たかった。けれど、そうするわけにはいかない。自分から頼みこんで東京の大学に行きたいと言ったのだ。安くはない学費と仕送りが、母にどれだけ負担をかけているかも知っている。明日は必ず、学校に行かなくちゃ、と心に決めて、私はシンクの中に溜《た》まっているカップやグラスを洗った。

ふいに背中にあたたかいものが触れた。狭いカウンターの中、後ろを通った純さんが私の背中に手のひらで触れたことに気づいた。

「ちゃんと食べてる？」と聞かれる。

「はい」と答えたものの、食欲はまったくなく、昨日開けたキャンベルのスープの残りを一口、二口、口にしただけだった。

「無理なダイエットとかしたらだめだからね！」

純さんから滅多に怒られたことはないが、こういうときの純さんは迫力があって怖い。

「してませんしてません」と気弱に笑いながら、私は仕事を続けた。

純さんの店のバイトの魅力はただひとつ（と言ったら失礼だが）まかないが出ることだった。これで一食分の食費が浮くことはありがたかった。ミートソーススパゲッティやハンバーグサンドなど、私が大好きなものばかりだった。バイトを始めた頃は実際のところ、体重が二キロ増えたほどだ。だけど、最近は大好きな純さんの作るまかないも、残してしまうことが増えた。全部食べなくちゃ、と思うのだけれど、胃が受け付けない。

今日のまかないは、ミックスサンドイッチで、いつもより大盛りだった。お客さんに出すものより、ハムや卵だけでなく、野菜がぎゅうぎゅうに挟まれている。野菜も食べなさいよ、という純さんなりの思いやり、なのだと思うけれど、レタスやきゅうりは口の中でもそもそするだけで喉《のど》を通っていかない。サンドイッチの半分を紙ナプキンに包んだところでバックヤードの扉が開いた。純さんが顔を出す。見つかった、と思ってしまった。

「すみません！　今、おなかがいっぱいなので、残りは家で食べます」

そう言いながら、作ってくれた純さんに申し訳ない気持ちでいっぱいになった。家で食べるなんて嘘だ。このサンドイッチは多分家のゴミ箱行きだ。

「ごめんなさい、ごめんなさい……」

泣くつもりなんかなかったのに自然に涙が溢《あふ》れた。

「おなかがいっぱいならいいよ。後で食べなさい。だけど、澪ちゃん……」

純さんがバックヤードの扉を閉じて、その前に立つ。

「恋愛とか、まさか、……妊娠とか、そういう悩みじゃないよね？」

「違います！」叫ぶようにそう口にしていた。

「聞ける話ならなんでも聞くから。泣いたりして、どうしたの」

そう言って純さんがティッシュの箱を差し出してくれた。ちん、と鼻をかんで、頭を下げる。

「なんでもないんです。大丈夫です」くり返して私は言った。

「仕事もちゃんとします。大丈夫です」

「澪ちゃんはちゃんとやってくれてるよ。何もかも。うちのほうこそ、澪ちゃんにやめられたら次のバイトの子も見つからないよ。こんな店で」

店のドアが開く音がした。純さんがバックヤードの扉を開き、「いらっしゃいませ」と声をあげる。

「今日は少し早く上がってもいいから。ちゃんと食べて、ちゃんと眠るんだよ」

「はい……」

そう純さんに言われたものの、その日のバイトはやっぱりいつもの時間まで働いた。バイトだけでも人並みにしていないと、ダメ人間になったようで嫌だった。お客さんに水を持って行き、ふと顔を上げて窓の外を見ると、私と同じくらいの齢《とし》のおしゃれした女の子二人が、おしゃべりしながら並んで歩いていく。いいなあ、楽しそうで……。私も明日は学校に行かなくちゃ。なにがなんでも行かなくちゃ。そう思いながら、お客さんのいなくなったテーブルを拭いた。

けれど、やっぱり学校には行けなかった。教科書もバッグに入れた。メイクもした。寝る前に何時間もかけて選んだ洋服を着た。電車に乗って大学に向かった。だけど、そこから先が無理だった。教室に入ったときのみんなの視線に耐えられそうもなかった。家に帰った私はベッドに突っ伏して泣いた。いったい私の体はどうなっちゃったんだろう。自分のことがよくわからない。このまま大学に行けなくなったら人生詰んだのと同じだ。それくらい自分の気持ちは追い詰められていた。

それまでは短時間でも訪れていた眠りが、夜になってもほとんど訪れなくなった。朝方近くになって、新聞配達のバイクの音がやってくると、ほんの少しだけ眠れる。けれど、それだけだった。学校には行けないまま、バイトだけを続けていた。

バイト中に、今までしたことのないような失敗を重ねて純さんに叱られたりもした。バイトすらできなくなったら、自分は人間失格だ。間違えないように、間違えないように、奥歯を嚙《か》みしめて仕事をしていたので、バイト終わりには、顎《あご》が痛んだ。

連休も数日、バイトを入れただけで、ワンルームマンションの部屋のなかで一人、誰とも会わなかった。というより、元々、東京にも学校にも友人と呼べるような存在はないのだけれど。

夜中に天井を見つめていると、涙がだらだらと流れた。まるで蛇口をひねったみたいに。何度もティッシュで拭《ぬぐ》うから、涙が流れたところの皮膚が荒れた。だけど、メイクなんてもう何日もしていないから、かまうもんか、と思った。私が綺麗にしていようと、していまいと、誰が見ているわけでもない。誰にも見てもらえない私。おしゃれじゃない私。キラキラしていない私。東京という町にいる価値があるのかな……。考えが同じところをうねるように堂々巡りする。寝ているのか起きているのかわからないような時間が増えた。このまま自分が壊れていくようで怖かった。それを認めるのも怖かった。

うつらうつらしていると日にちの感覚もわからなくなる。

もういったいいつからこのままの姿勢でいるのだろう、と思いながら、起きているような寝ているような不思議な感覚が続いていた。カーテンの向こうは明るいから、朝なのだろう、と思ったその瞬間に、スマホがＬＩＮＥの着信を知らせた。純さんからだった。

〈今日、バイト忘れていない？〉

「！」

〈すぐに行きます！〉と返信をした。絶対にバイトだけは行くつもりだったのに。昨日も、おとといもお風呂に入っていない。というかお風呂に入る気力もなかった。自分は臭くないだろうか、と着ていたスエットの袖《そで》をかぐ。そんな自分がみじめだった。それでも駆けるように店へと急いだ。ドアを開けてカウンター越しに純さんのもとに駆け寄る。息が切れた。肩で息をしながら言った。

「すみません！　私、ぼんやりして忘れてて。すぐ準備します」

「ちょっと、ちょっと、ちょーっと」

すぐさまバックヤードに向かう私の腕を摑《つか》んで、純さんがカウンターに座るように言う。

店の奥に見知らぬ夫婦がいるだけで、混んではいなかった。

「澪ちゃん、ちょっとまずそこに座って」

純さんに叱られるのだと思った。バイトもクビだ。キラキラどころか、ダメ人間ダメ人間という声が聞こえるような気がした。項垂《うなだ》れて純さんの言葉を待った。顔も洗っていない。鏡を見てこなかったからわからなかったけれど、私の髪には寝癖もついているだろう。とにかく清潔にね、とバイトを始めたときに純さんに言われたことを思いだした。バイトに行く日を忘れ、身支度すらできない私はいったい……。

「まず、ゆっくりこれ飲みなさい。仕事、今日はいいから。見てのとおり、お客さんも少ないからね」

そう言って純さんが私の前にアイスココアを置いた。ココアの上にちょこんと載っかった生クリームとミントの緑の葉を見ていたら、どうしてか、また涙がどばどば出た。どうやっても、泣くということがコントロールできない。

「食事、食べられてないでしょう？　澪ちゃん気づいていないかもしれないけれど、このところ随分と痩《や》せたよ」

黙っている私に純さんがすっと小さな紙片を差しだした。それに視線を向ける。「心療内科　椎木《しいのき》メンタルクリニック」という文字が目に飛びこんできた。

「私、病気じゃありません！」思わず叫んでいた。奥にいた夫婦連れが、何事かとこちらに目をやる。純さんが頭を下げてそのお客さんたちに笑いかけた。

「だけど、澪ちゃん、どれくらい眠れてない？　目の下のくま、気づいてる？」

そう言われるほど自分の顔はひどいのか、と思ったら、また、涙が浮かぶ。

「そんなに怖い病院じゃないんだよ。よく、心の風邪っていうでしょう。体が風邪を引いたら内科に行く。心が風邪を引いたら心療内科に行く。一人で行くのが怖いのなら、私もいっしょに行ってあげるから。バイトもしばらく休んでいい」

「……クビ、ってことですか？」

「そうじゃないそうじゃない。澪ちゃんが元気になるまでほかの子を雇ったりしないから。安心して休みなさい。ただし、条件がある。この病院に行くこと。わかった？」

渋々頷《うなず》いた。

「今から予約の電話を入れてあげるから。必ず行くのよ」

そう言って純さんが店の固定電話からクリニックに電話を入れている。

「明日の午後三時、大丈夫？」

子どものように頷いて項垂れた。

電話をしながら、飲みなさい、と純さんが目で合図するので、私はアイスココアをストローで飲んだ。いつもはおいしいと感じるその飲み物が今日は味もしない。やっぱり自分はどこかがおかしいのだ、と味のしないココアを飲み下しながら思った。

やっぱりたくさんは眠れないまま、翌日になった。うとうととして目を醒ましたときにはすでにお昼を過ぎていた。ベッドの中から起き出て、テーブルの上に置いたままの紙片に目をやる。「心療内科　椎木メンタルクリニック」。純さんから見てもそれほどまでに今の自分はひどいのか、と暗い気持ちになった。でも、ここに行かなければ、バイトもできない。ましてや、学校にも行けない自分の今の生活を変えたかった。

水で撫《な》でるように顔を洗い、黒いパーカーを羽織り、キャップを目深にかむって家を出た。メンタルクリニックに行っている自分を誰かに見られたくはなかった。スマホの地図アプリを頼りに病院を目指す。純さんの店とは線路を挟んで真反対の方向にあった。小さな庭のある二階建ての一軒家はまるで病院らしくない。その家の門に「椎木メンタルクリニック」という木の看板が下がっていなければ、通り過ぎるところだった。

時間をかけて、やっと門の前まで来たのに、そこから先にはなかなか足が進まなかった。なんだか大きな境目を私は跨《また》いでしまうのではないか、という恐怖があった。心を病んだ女の子は、キラキラしている女の子の真反対にいる。自分が心を病んだと認めたくはなかった。どうしよう……そう思うまま時間が過ぎていく。このまま帰ってしまおうか、そんな気持ちが浮かんできたそのとき、ふいに玄関のドアが開いた。

純さんと同じくらいの年齢に見えるショートヘアの女性が笑顔で出て来た。この病院の先生だろうか、だけど、白衣ではなくて、細かいギンガムチェックのグレイのロングワンピースを着ていた。足は素足にサンダルだった。ペディキュアの赤が目にしみる。

「篠原、さん?」小鳥が首を傾げるようにその人が私に尋ねる。

「……はい」

「道がわかりにくいでしょう。そろそろ来られる時間なんじゃないかと思っていたの。さ、どうぞ」そう言って私に家の中に入るように促す。つかまってしまった、と思った。それでも、のろのろと玄関を上がり、廊下を進むと、そこが待合室なのか、広い和室のところどころにソファや布製の椅子、クッションが置かれていた。知らない人が見たらここを病院だとは誰も思わないだろう。真ん中に白いローテーブルがあった。私以外の人はいない。私はローテーブルのそばに正座した。

女の人は奥の部屋からグラスを載せたお盆を手に私に近づいてくる。

「今日はなんだかむしむしするね。これレモングラスのお茶、よかったら飲んでね」からん、とした氷の音が涼しげだった。

「あ、そんな緊張しなくても大丈夫だよ、今の時間、ほかの患者さんもいないし。足を崩して。だるかったら、診察までここで横になっていてもいいんだから」

そう言って女の人は傍にあったクッションをポンポンと叩《たた》いた。

「私は問診やカウンセリングを担当している椎木さおりと言います」そう言ってさおり先生は名刺のようなカードを差し出した。

「……初めまして。……篠原、澪です」声が掠《かす》れた。

「純さんからなんとなく話は聞いているの。いつも問診は別の部屋でするんだけど、こっちの部屋のほうが涼しいから、ここでやろうかな」

そう言ってさおり先生は立ち上がり、廊下の奥の部屋に向かった。開け放った掃きだし窓からは、ハーブの苗のようなものが見えた。枝の先に薄紫の花をつけ、風に揺れている。

よく剪定されているというわけではなく、自由に生えるままにしている、といった感じだった。小さな足音が戻ってくる。ローテーブルの向かいにさおり先生が座った。

「この病院によく来てくれたねえ」

その一言で涙が溢れた。最近は泣いてばかりだ。純さんの前でも一人でいても、本当によくこんなに涙が出るものだ、と思うくらい私は泣いていた。すすめられるまま、必要事項を書き、さおり先生に差しだした。

「綺麗な字ねえ」また、私は泣いた。東京に来て初めて褒められたのではないか。

「今、いちばんつらいことは……眠れないのね。それに気持ちがずっと落ち込んでいる。涙が出る……なるほど。その症状はどれくらい前からあるのかな?」

それすらも曖昧《あいまい》だったが、東京に来てから、つまり、四月からということになる。ということは……何週間前になるのか……。指を折って数えながら、壁に目をやった。お母さんがいつも送ってくれる赤いスープ缶が並んでいくつも描かれた絵が目に入った。

私の視線に気づいたのか、さおり先生が絵を指さしながら言った。

「これね、アンディ・ウォーホルのキャンベルのスープ缶、っていう作品なんだって。こんなのがアートになるってなんだか不思議だよね。知ってた?」

私は黙ったまま首を振った。アンディ・ウォーホルなんて人の名前を初めて聞いた。そんなことすら知らない私が東京に来たことからして間違いだったのではないだろうか。

「ウォーホルがまだ売れないとき、彼のお母さんは彼のために、缶の蓋でお花を作って売っていたんだって」

ぶわっと涙が溢れた。

「お母さんが……」さおり先生は私の言葉をいつまでも待ってくれた。

「お母さんがいつも田舎から送ってくれるからこのスープ」

「そうだったの。優しいお母さんだね……あのね、ここでいくら泣いても大丈夫だからね。誰も篠原さんのことを変に思う人はここにはいないから」

泣きすぎてもったりと痛んだ頭のまま、私は頷いた。

「先生にみてもらおうね。良くなるから」さおり先生が私の背中をそっと撫でる。

「はい……」そう言うのがやっとだった。さおり先生が問診票を手に廊下の奥にある部屋に向かっていく。

しばらく経って廊下の奥にある診察室から男の人の声で名前を呼ばれた。ゆっくりと襖《ふすま》を開けると、そこはまるで作家の書斎のようだった。壁一面の棚にはもう一冊の本も入れられないほど、たくさんの本が詰まっていた。大きな木のデスクの向こうに、やっぱり純さんと同じくらいの年齢の、髭《ひげ》を生やした男の人が座っている。両親が離婚してからというもの、私は大人の男の人が苦手だった。お父さんは別にお母さんに暴力をふるったりはしなかったけれど、離婚前の諍《いさか》いのときに、大きな声を出しているのを見て以来、大人の男の人をみると瞬間的に怖い、と思ってしまう。目の前の先生は立ち上がり、私に小さな紙片を差し出した。「椎木旬《じゅん》」と書かれている。さおり先生のご主人だろうか。

「よく来てくれたね」笑いながら、さっきのさおり先生と同じことを言う。

先生は私に椅子をすすめ、問診票を見ながら話をしてくれた。

「眠れないのか……それはつらいねえ」

それからいくつかの質問に答えた。問診票に書いたことをくり返していただけだったが、眠れない、涙がとまらない、それに大学に行けない、と先生に念を押して確認されると、やっぱり自分は随分とおかしくなっている、と認めざるを得なかった。その間も、涙がとまらない。家から持ってきたガーゼのハンカチで私は幾度も涙を拭った。

「まずは、きちんと眠れるお薬を出しておこうか」

ふいに言われて我に返った。

「先生……」

「ん？」

「あの、私、なんの病気なんですか？　あの、もしかして。うつ？」

私の質問に先生は少し考えていた。

「篠原さんは少し心が疲れているんだね。君はまじめで、ものすごく頑張りやさんなんだな。東京での一人暮らしを始めるだけで、大きなストレスが心にかかる。……それに。田舎のお母さんのことも随分心配しているでしょう……」

先生は言葉を慎重に選んでいるように思えた。

「篠原さんの脳は、そういういろんな要素が積み重なってしまって、今、うまく働いていない。セロトニンとかノルアドレナリンといった気分に関係する物質のバランスが乱れているんだ。だから少しお薬を足して、このバランスを正してあげよう。きちんと飲めば怖い薬ではないよ。お薬だけじゃなくて、カウンセリングも受けたほうがいいね」

先生の口からなかなかうつ、という言葉が出てこないことに、少しイラッとした。私は思いきって尋ねた。

「先生、私はうつ病なんですか？」

先生はしばらくの間、黙り、私の顔を見て、そして心を決めたように口を開いた。

「うつ病と言ってもいいかもしれない。けれど、早く来てくれてよかった。一人でここに来るのはずいぶんと勇気が必要だったでしょう？」

頷きながら泣いた。はっきり、うつ病だ、と言われたことはやっぱり少し悲しかったけれど、先生の口からそう言われてどこかほっとしている自分もいた。

「薬はまずは二週間分出しておくね。薬の効果もだいたい二週間くらいで出てくるから。あまり、あせらないで。カウンセリングの予定を入れておこうか。来週、また、同じ時間、ここに来られる？」

はい、と掠れた声で私は返事をした。

「君が来るのをここで待っているからね。……なんにも心配はいらないよ。君がもう一度、学校に通えるようになるまで、さおり先生と二人でちゃんと支えていくから……」

黙ったまま、私は頷いた。やっぱり目からは涙が流れたままだった。

その夜、処方薬局で出してもらった小さな錠剤を飲み込むまでには、ずいぶん勇気と時間が必要だった。これを飲んでしまったら、自分が心の病気だと認めることになる。でも、それ以上に深く、深く、眠りたかった。私はベッドに入る前に、覚悟を決めて、その薬を飲んだ。穏やかに眠気がやってきて、眠りの世界に引きずり込まれていった。

たくさんの夢を見た。

子どもの頃、保育園でいちばん最後までお母さんの帰りを待っていた自分。真夜中に聞こえるお父さんとお母さんの諍いの声。お父さんが家を出て行った日のこと。お母さんの帰りを待ちながら、夕食を作り、ダイニングテーブルで突っ伏して眠ってしまったときのこと。東京のこの部屋に来たときのあの心細い気持ち。大学の級友たちがキラキラしていて自分のことを悪く言っているんじゃないかという不安……。ずっとずっと寂しくて、つらい気持ちを我慢しながら、私は大丈夫、私は大丈夫、と自分に無理な呪文《じゅもん》をかけていた。だけど、私は本当は、そんなに強い人間ではない。そのことを思い知った。

翌朝はきちんと朝に目が醒めた。久しぶりに長く寝たせいか、薬のせいなのか、頭の芯《しん》が重だるい。気持ちがハッピー！　と明るくなったわけではない。そんな魔法の薬はないのだ。けれど、ちゃんと眠れた。ただ、それだけのことが心からうれしかった。

それと同時に早く治さなくちゃ、という気持ちが芽生えてきたのも確かだった。「あまり、あせらないで」と先生に言われたのに。翌週のカウンセリングまで、私は今までの分を取り戻すかのように眠り続けた。眠れることはうれしかったけれど、今の私は何も生産していない、どこのゴールにも向かっていないと思うと、自分を責めることが増えた。

翌週のカウンセリングが待ち遠しかった。今度はスマホのアプリを使わなくても病院に行けた。待合室には、幾人かの患者さんがいた。平日の昼間だというのに高校生くらいの女の子もいたし、スーツを着たサラリーマンのような人もいた。ほどなくしてさおり先生に呼ばれ、小さな部屋に入った。そこがカウンセリングルームになっているらしい。

「よく眠れるようになった？」

「……はい」

「それは良かった」さおり先生が微笑む。

「カウンセリングって言ってもおしゃべりみたいなものだから」

そう言ってさおり先生は、本当にたわいもない話を始めた。庭に咲いているハーブのこと、この家にやってくる野良猫のこと。そんな話ができることがうれしかった。そんな話ができる人が、私には東京には誰もいないのだから。

「さて、篠原さんにとって今、いちばんつらいことはなんだろうね……」

「大学の同級生に……」そこまで言って言葉に詰まった。辛抱強くさおり先生は言葉を待っている。

「ダサい子だ、って、田舎の子だ、って思われているようで……」

「篠原さんはぜんぜんそんな子に見えないよ。今、心がすごく疲れていて、そんなふうに考えてしまうのかもしれないね」

「……私」

「ん?」

「……洋服の勉強をしに来たのに、ぜんぜんキラキラしていない」

「私から見ると篠原さんの若さがまぶしすぎて目も開けられないくらいだよ」

そう言ってさおり先生は鼻の横に皺《しわ》を寄せて笑った。

「でも、みんな、もっと、もっと、キラキラしてて……」

そう言って私はスマホをさおり先生に渡した。上京して東京の生活を心から楽しんでいる高校時代の同級生の写真をスクロールしてさおり先生に見せる。

「うらやましい……」思わず口に出てしまう。

「キラキラしたところだけを切り取れば、キラキラした人に見えるよね。でも、本当のところはわからないよ。本当は失恋して泣いたあとに写真をアップしたのかもわからないし」

「…………」

「誰かに直接、ダサいとか、田舎の子だ、とか言われた?」

私は首を振った。

言われたわけじゃない。言われているような気がしているだけなのだ。

「だけど、アパレルショップのバイトにも全落ちして……」

子どもが駄々をこねているようだと思った。そのとき、私は母に駄々をこねたことがないことにふと気づく。

「そのことと、篠原さんがキラキラしていないことはまったく関係がないかもしれない。それにもしそうだとして、人間キラキラしたところだけでできた人ってそんなに魅力的かな？」

そう思えたらどんなにいいだろう。私はまださおり先生の言うようには思えない。

「考え方の癖を少しずつ直していこうね。あと、スマホにはあまり触らないこと。心がもっと疲れちゃうから。……それに、大学にはまだ無理して行かないように。じゃあ、また来週ね」

「さおり先生……」

「ん？」

「この病気、……あの、私のうつ病はいつになったら治るんですか？」

しばらくの間、さおり先生は手元にあるカルテのような紙片に視線を落として考えていた。

「お薬をきちんと飲んでいるのなら、篠原さんの場合、一年くらいで良くなると思う。もちろん、大学にはその前に行けるようになるよ。だから、ちゃんと、ゆっくり治していこう」

はい、と頷いたものの、私の心は激しくショックを受けていた。一年……。そんなにかかるのか、と考えたら心に暗い靄《もや》のようなものがさっと広がっていった。

さおり先生にそう言われたのに、私は来週の月曜日、大学に行こうと考えていた。もうキラキラなんてしていなくてもいい。友だちがいなくてもいい。だけど、勉強がこれ以上遅れることは絶対に嫌だった。母に払ってもらっている学費が無駄になる。眠れるようになってきたし、涙が出る回数も減った。薬を飲んでいるんだから、もう大丈夫、私は自分に言い聞かせるようにして、大学に向かったのだった。

階段教室のいちばん後ろに座る。講義が始まる前まで、隣同士でおしゃべりしている子も多い。わざと、そういう子たちを視界に入れないようにして、私は憂鬱な気持ちを抱えたまま一人で椅子に座っていた。それなのに、なんだか心臓がどきどきする。遠くにある黒板が実際に見えているよりも、もっともっと遠くに見える。視界が霞《かす》む。指先がひんやりと冷たくなっているのを感じる。吐き気がせりあがってくる。こんなところで吐いたら、変な注目を浴びてしまう……。頭痛もしてきた。先生が教室に入ってくる。もうだめだ。息ができない。酸素不足の金魚鉢の金魚のように、私は口をパクパクさせながら、音を立てないようにしてそっと立ち上がり、教室のいちばん後ろのドアから外に出た。

家に戻る電車のなかで涙が止まらなかった。

一人だけの部屋に帰る。何を着ていこうか迷った末の洋服が山盛りになっているベッドに突っ伏した。バッグの中のスマホを探る。さおり先生からあんまり見てはだめ、と言われたのに、私は友人たちのインスタを見てしまう。サークル、新歓コンパ、バイト、原宿《はらじゅく》、観た映画、買った服、新しいネイル。みんなは東京で前に、前にと進んでいる。私だけが故郷から出た自分のまま、前にも後ろにも進めないでいる。また、吐き気を感じた。ユニットバスのトイレに走る。けれど、吐き気がするだけで何も私の口からは出てこない。そのときふいに、眉毛《まゆげ》を整えるために使っている剃刀《きみそり》が目に入った。私なんてここにいる資格もない。剃刀を手にとる。左手首の上に置いてみる。そんなことをしたって死ねるわけがないことなんてわかっているのに。そのとき、ふいにドアのチャイムが鳴る音がした。何かの勧誘だろう、と思って無視していたが、幾度もチャイムは鳴らされる。それでも無視していると、ドアそのものを叩く音がした。その音がやまない。

「はい？」とドアの向こうの誰かに尋ねると、

「私！　純です！」と大きな声がした。ドアを開ける。純さんが丸く膨らんだスーパーの白いレジ袋を手に立っている。私は、純さんの首に腕をまわして、泣き出してしまった。

「寝てなさい。店の前を真っ青な顔して前屈《まえかが》みで歩いて行くんだもの」

そう言って純さんは私をベッドに寝かせ、狭いキッチンに立った。野菜を切る音、何かを煮こむにおい。懐かしさで胸がかきむしられた。

「少しでいいから口にしなさい。残りは小分けにしてタッパーに入れておくから」

純さんがローテーブルの上にトマトスープを盛った皿をことり、と置く。ベッドから起き上がると、鈍い頭痛がしたが、なんとかラグの上に座った。

「お薬、ちゃんと飲んでるの？」

「あ……」

今朝は学校に行くことだけに集中していたので、すっかり忘れていた。

「それ食べたら飲みなさい。自分の判断で薬やめたりしたらだめよ」

そう言って純さんは立ち上がり、持ってきたスーパーの袋からミネラルウォーターを取り出し、マグカップに注いでくれた。

「今は先生の言うことをきちんと聞くこと。とにかく体と心をゆっくり休ませること。絶対にあせらないこと。わかった？」

お母さんみたいだ、と思ったら、また涙が湧いてきた。純さんの手が私の頭を撫でる。

「生きていたら誰だって、一度や二度くじけてしまう時期もあるよ。でも、そんなのちっとも恥ずかしいことじゃない。私なんかくじけてばっかり」

そう言って純さんは笑った。もしかして純さんはあのクリニックに行っていたことがあるんじゃないかとふと思った。けれど、そのことは聞けなかった。

「東京の人は冷たい人ばかりじゃないよ。澪ちゃんはもっとまわりに甘えなさい。それに自分を甘やかしなさい。バイトだって、こっちとしては有り難いけれど、澪ちゃん、まじめ過ぎるところがあるから」

こくり、と私は頷いた。甘えることなんてかっこ悪いことだと思っていた。東京という町に順応できないのは自分の能力不足で甘える資格がないと思っていた。

「あの、純さん……」

「なに？」

「私良くなったらまたバイトしてもいいですか？」

「そんなこと心配しなくていいの。常連のお客さんも澪ちゃんは、って、私のことなんかどうでもいいみたい。澪ちゃんはうちの店の看板娘なんだから、ちゃんと良くなってもらわないと困るの！　だから、今はきちんと治療を受けるのよ」

「はい……」

「もう少しスープ、食べようか」

純さんにそう言われて、私はまた泣きながら、スプーンでスープを口にした。ほんの少し塩辛いスープが私の深いところをあたためてくれるような気がした。


椎木メンタルクリニックに行くことだけが私の当面の予定になった。毎週木曜日にはさおり先生のカウンセリング、二週間に一度は旬先生と話した。

旬先生は「薄紙を剝《は》ぐように良くなっていくからね。大丈夫」と、会うたび私に言った。そんなふうに、私の心も元気になってほしい、とそれだけを思った。

さおり先生はくり返し私に言った。とにかく今は心が赴くままに過ごすこと。体が動かなくても、それは体が休養を求めているということだから、素直に従うこと。無理に生活リズムを整えることを意識せずに、薬だけは時間がきたら飲むこと。気分が良ければ散歩をしてもいいし、どこかのお店に寄ったりしてもいい、と言われた。クリニックの帰り、私は自分の住んでいる町を歩いた。それまでは町を歩いてみようだなんて思いもしなかった。どこにでもある住宅街で、それは私の故郷とあまり変わらなかった。東京のキラキラしたところしか見ていなかった私には、この町でもごく普通の人たちがごく普通の暮らしをしていることを知った。

白い発泡スチロールに植えられた色鮮やかな花や、軒下で寝転んでいる野良猫をスマホで写真に撮った。インスタはもうずいぶん見ていない。自分が撮った写真もアップする気はなかった。時には純さんの店にも顔を出した。バイトではなく、お客さんとしてカウンターに座った。今までゆっくり味わったことがなかったけれど、純さんの淹れてくれるコーヒーをおいしい、と、初めて感じた。

カウンターに座っている私に常連のおばあちゃんが声をかけてくれる。

「澪ちゃん、体調壊したんだって？　大学とバイトで頑張りすぎていたんだろ」

「はい。私、頑張りすぎていました」

素直にそう言うことができた。カウンター越しに純さんが私に目配せし、小さく微笑んだ。

季節は梅雨に向かっていた。

どう伝えようか、と悩んだあげくに故郷のお母さんに手紙を書いた。お母さんにこんなに長い手紙を書くのは生まれて初めてのことだった。自分の今の状態のこと、病気のこと、きちんと病院に通っているから心配しないでほしい、ということを、くり返し書いた。手紙が届いた頃、お母さんからはすぐに電話がかかってきた。

「こっちに帰ってくる？」

開口一番、そう言われてまた泣きそうになる。目の前のマグカップがゆらゆらと揺らいで見える。それでもお母さんには伝えた。

「ううん。お母さんに迷惑かけちゃうかもしれないけれど、もう少しここにいたい。もっと良くなったら必ず学校に行くから」

「迷惑なんて、そんなこといいの。澪が元気でいてくれさえすればそれでいいの」

「……お母さん」

「澪はちっとも迷惑なんてかけてない。お父さんと離婚したときも澪にばっかり迷惑かけたのは私なの……それなのに澪は愚痴ひとつ言わないで……」

お母さんの声が詰まった。

「だから、どうしてもつらくなったときは、いつでもいい、何時でもいい。お母さんに連絡するのよ。わかった？」

「……わかった」と言うのがやっとだったが、それでも頑張って答えた。

「お母さんに迷惑かけられたなんて、私、ぜんぜん思っていないよ。お父さんとお母さんが離婚したときはそれは少し悲しかったけれど………」

「本当にごめんね、澪……」

「夏になったらお母さんに会いたい。絶対帰るね」

それだけ言って電話を切った。それからしばらくの間、膝《ひざ》を抱えて泣いた。うつになってから泣いてばかりいるなあ、と思ったけれど、さおり先生は、泣きたいときは存分に泣きなさい、と言ってくれた。その言葉に甘えて私は泣いた。隣の部屋からは、やっぱり女の子と男の子の楽しそうな会話が漏れ聞こえてくるけれど、かまうもんか、と思って私は泣いた。

土曜日の早朝、ドアのチャイムが鳴る音がした。こんなに朝早く誰だろう、と思いながらドアスコープを見ると、デイパックひとつでサンダル履きの晴菜がそこに立っていた。慌ててドアを開ける。

「あんまりLINEの返信がないから、澪のこと心配で高速バスで来ちゃった」と笑っている。夢じゃないかと思ったけれど、本物の晴菜だった。

「へえ、ここが澪の部屋か、やっぱり綺麗にしてるなあ。うちのボロアパートとは大違い」と言いながら、スニーカーを脱いで部屋に上がりこんでくる。その背中にしがみついた。前会ったときと変わらない晴菜のにおいがする。

「あれっ、あれ、どうした？」

そう言いながらも晴菜は黙ってそのままにしておいてくれた。

晴菜が駅で買って来てくれたお弁当を二人で食べながら、思いきって言った。

「うつになってしまって……」

「そんなことじゃないかとなんとなく思ってた。……うちのお父さん、うつだったって知ってた？」

「おじさんが……」

「うん、もう何年も前のことで、今は薬も飲んでいないけれど」

晴菜のお父さんは地元で塾の先生をしている。私も大学受験のときには、晴菜のお父さんにお世話になった。いつも明るくて、生徒を褒めまくる大好きな先生だった。あのおじさんがうつだったなんて、ちっとも知らなかった。

「なんとなく、うちのお父さんと澪、似ているところもあるから……」

「似てる？」私とあの明るいおじさんが？

「うん、いつもきちんとしてて、礼儀正しくて、まじめでさ、私みたいにギャーギャー泣き言なんかも滅多に言わない」

「私、ぜんぜんそんなんじゃないよ」

「うちのお父さんもいつもそう言ってたなあ。俺なんかぜんぜんすごくないって。他人のことはすっごく褒めるのに。自分には厳しすぎるの。私なんかひとつ何か褒められたら犬みたいにきゃんきゃん尻尾《しっぽ》振りまくっちゃうのに……」

自分に厳しすぎないようにすること。それはさおり先生にも言われたことだった。同じことを言っているのに、晴菜に言われると、心のどこかに重石《おもし》が置かれた気分になった。

「晴菜は大学、楽しいでしょ？」

「ぜーんぜん、言葉も違うし、なかなか輪に入っていけないこともあるよ。……今日だって澪を心配してきた、なんて言ったけど、本当は自分が寂しかったんだよう！」

そう言って晴菜は泣きべそをかいた。そんな晴菜を初めて見た。

「だから、澪の顔見てチャージしようと思って、元気を」

鼻をぐずぐずさせながら、晴菜がティッシュを一枚引き抜いて言う。

「私に元気をくださーい」

「私にもくださーい」

そう言い合って笑った。それから、お互いのスマホの写真を見ながら、中学、高校時代の楽しかった話をたくさんした。修学旅行でみんなで順番にした怖い話。文化祭で晴菜が後輩の女の子に告白された話。卒業式で晴菜のお父さんが号泣した話。みんなみんな懐かしい想い出だった。だけど、話しながら、私も晴菜もなんとなく気づいていたと思う。これからは違う想い出をそれぞれ違う場所で作っていくのだ、ということに。

その日の夜は初めて近くの銭湯に晴菜と二人で行った。地元にはなかったから一度、行ってみたいと思っていたのに、一人で行く勇気がなかった。二人で同じシャンプーのにおいをさせて、苺《いちご》味のアイスバーを舐《な》めながら、夜の町をふらふら歩いた。もう午後八時に近い時間なのに、近くの果物屋さんのお父さんが、幼い息子さんの自転車の練習につきあっている。

「ほら、もうちょっと！　いい感じ、いい感じ！」晴菜が声を上げる。

「ちょっと、これ持ってて」と晴菜は私に荷物を持たせて、「腰がいてえなあ」という果物屋さんのお父さんの代わりに息子さんの自転車の後ろを押す。何度も足をついて止まってしまう自転車を晴菜は支えながら走る。

「力強くめいっぱい漕《こ》いで！」

息子さんの自転車は最初ぐらぐらしていたけれど、すぐに力強くまっすぐに走って行く。そうして暗闇のなかに消えていく。

「行きすぎ！　行きすぎ！　ストーップ！」

晴菜が声を上げながら自転車を追いかけた。その姿を果物屋さんのお父さんと二人、笑いながら眺めて思った。今の私もあの子の自転車と同じだ。純さん、旬先生、さおり先生、そして晴菜。薬もカウンセリングも全部が私の補助輪だ。今はまだふらふら走行だけれど、いつかあの子のようにまっすぐに力強く走れる日が来ればいいな、と。


「カウンセリングもあと二、三回でいいかな……」

さおり先生がそう言ったのは、もう夏休みに近い蒸し暑い午後のことだった。

「えっ……」

「篠原さんがまだ不安がありそうなら続けるけれど。症状は随分と良くなっているし、顔色もいいし……まだお薬のほうはしばらく飲み続けたほうがいいと旬先生も言っているんだけど、どうする？」

そう言われて少し考えた。私もあの夜の果物屋さんの息子さんのように補助輪を外す日が来たのかもしれない。

「……カウンセリングは卒業したいです」そう言ったものの、本当は少し怖かった。

「でも、受けたいときはいつでも言ってね。それから……」

「はい」

「篠原さん、まじめに通ってくれて本当にありがとう」

そう言ってさおり先生が私に頭を下げた。

「カウンセリングなんて効果がすぐに出るものじゃないでしょう。途中でぱたりと来なくなってしまう患者さんも多いの。それなのに、篠原さんはいつも時間どおりに来てくれて……本当にありがとう」

さおり先生にそんなふうに言われて耳のあたりが熱くなった。

「篠原さん、これからは自分のできたところを加点方式で褒めてあげてね。うつになってしまう人は、まじめすぎて自分に厳しすぎて、つい減点してしまうのね。どんなことでもいいの。顔が洗えたでも一点。ベッドが整えられただけでも一点。……それに本当は篠原さんが生きているだけで百点なんだよ」

そう言われてわっと涙が溢れた。さおり先生の前で泣いたのも久しぶりのことだった。

「篠原さんが大学に行けるようになるまで、ちゃんとサポートするから」

そう言ってさおり先生は私の手を握った。お母さんみたいに、やわらかくてあたたかい手だった。

大学に行けるようになるまでには、もう少し時間がかかるのかもしれない。でも、「ゆっくり治していこうね」という旬先生の言葉にもいらいらしなくなった。それも薬の効果なのかもしれないけれど、回り道をしても、いつかどこかで挽回《ばんかい》できる、と素直に思えるようになった。

椎木メンタルクリニックの帰りに、駅前のドラッグストアに寄った。久しぶりにメイクのコーナーを見てみたくなったのだ。夏向きのネイルの新色が鮮やかに目にうつった。並ぶ商品のなかからひとつを手にとる。薄いラベンダー色のネイルのなかに、星の形をしたラメがいくつも入っていた。ひとつ三百円。高いデパコスでもない。けれど、その三百円のネイルを買おうと思えるほど、自分の心が回復してきたことが嬉《うれ》しかった。新しいネイルを買う。これはさおり先生の言う加点方式で何点になるのだろう。

帰ったら足の指を綺麗にして、このネイルを丁寧に塗ろう。

もうすぐ、初めての東京の夏がやってくる。ネイルが塗れたら、純さんの店に行って、カウンターでアイスココアを飲もう。もう一人じゃない、と思ったら、私はほんの少しだけ強くなれた気がした。

パイプを持つ少年

手にしていたスマホがぴこん、と鳴った。

〈喫茶店の場所、わかりますか？　少しわかりにくい場所にあるようなので〉

歩きながら、僕はメッセージを打ち込む。

〈大丈夫です！　申し訳ありません。少し遅れてしまうかもしれません。本当にすみません！〉

それから返信はなかった。背中を嫌な汗がつたう。最初の打ち合わせに遅刻してくる新人イラストレーター。イラストレーターなんて印象が悪すぎる（とはいっても僕はまだ自分のことをイラストレーターと言い切る自信もない）。わざわざ自宅の近くまで来てくれて、その喫茶店だって僕が指定したのに。〈少し遅れて〉も嘘だ。待ち合わせ時間からすでに五分過ぎている。多分、十分以上は確実に遅れる。

駅の向こう側にある喫茶店までの道を僕は走る。大きなポートフォリオを入れた鞄《かばん》が肩から落ちそうになる。土曜日の午後の商店街は思いの外、人が多くて、僕はすれ違う人に鞄がぶつからないように気をつけながら、それでも走る。大事な仕事の編集さんとの打ち合わせだから絶対に遅れてはならない、と昨日の夜から自分に言い聞かせていたのに。今日の明け方まで描いていたイラストの下書きがどうしても見つからなかったのだ。

昨夜《ゆうべ》の自分を殴ってやりたい。大事な仕事をしなくちゃいけないときに限って、僕の気はそれる。ゲームやネトフリ、ＹｏｕＴｕｂｅ……。どれだけ時間を無駄にしたんだろう。重い腰をあげて、ようやく仕事を始めたのは、午前三時過ぎで、仕上がったのは午前六時だった。

それからキッチンで立ったままカップ麺《めん》をすすり、まだ約束の時間までには余裕があるから、少し横になろう、とベッドに横になり、気がついたら、約束の時間の三十分前だった。デスクの上にあるはずの、描き終わったイラストの下書きがなぜか見つからない。ひい、と思わず声が出た。部屋は相変わらず悲惨なことになっていた。ゴミを詰めて丸く膨らんだビニール袋、これから洗濯するのか、それともしてあるのかわからない洋服の山。ページを開いたまま積み重ねられた画集……。一週間前に真美《まみ》が来て掃除をしてくれたのに、僕の部屋はすでにいつも通り、ゴミ屋敷一歩手前の様相を呈していた。また、真美に叱られる……。結局、どういうわけか、イラストの下書きはベッドサイドのテーブルの下で見つかり（そんなところに置いた記憶などまったくない）僕はそれを慌ててポートフォリオに挟み、歯磨きだけを適当にして、喫茶店までの道を走った。

ああ、髭《ひげ》を剃《そ》り忘れた、と思いながら、「純喫茶・純」という少々くどい名前の喫茶店のドアを開けると、店の窓際にスーツ姿の中年男性が一人、スマホに目を落としているのが見えた。ほかの客はカラフルでカジュアルな衣服を身に纏《まと》った老人ばかりだから、多分、あの人だ。怒っているのかな、と思うと、鼓動が速くなる。男性が僕の顔を見て笑顔になり、立ち上がる。

「植村《うえむら》、直也《なおや》さん？」

「お待たせして本当に申し訳ありませんでしたっ！」

勢いよく頭を下げたのでテーブルの角に額がぶつかり、大きな鈍い音をたてた。

「だ、大丈夫ですか？」

男性が声を上げると、カウンターの中から店長らしき痩《や》せた女性が慌てて出てきた。

「ここにうっすらと血が……。絆創膏《ばんそうこう》持ってきますね」

女性はすぐに戻ってきて、僕の額の血を軽くティッシュで拭って、大きな絆創膏を貼ってくれた。まるで子どもだ。額に大きな絆創膏をつけている自分。顔も洗っていないから、目やにがついていないか気になって仕方がない。それでも編集の山下《やました》さんという男性は挨拶《あいさつ》もそこそこに、僕の持ってきたポートフォリオをめくりながら、一枚、一枚、僕のイラストを丁寧に見ている。

テーブルの上の一枚の名刺。山下さんは日本の誰もが知っている総合雑誌の編集者だ。ある日、僕が自分の絵をアップしているサイトにメールが来て、目を疑った。一度会って、作品を見せてほしいという内容だった。もしかして、そんな有名な雑誌に僕の絵が載るかもしれない、と思ったら、喜びより緊張で体が震えた。今もそうだ。山下さんを前にして、自分の顔が強《こわ》ばっている。水と、コーヒーをがぶ飲みしているので、トイレに行きたくて仕方がない。気もそぞろだった。

最後のページにはさっき見つけたイラストの下書き。山下さんはそれをじっと見つめている。自分のイラストを値踏みされている、と思うと、この場から逃げ出したくなる。ふうっと山下さんがため息をついた。ああ、だめなんだ。そう思ったら、首の後ろのあたりからまた汗が噴き出した。鞄を探ってみたがハンカチもない。僕は仕方なくおしぼりで汗をふいた。

「いいですね、とてもいい。全部いいです」

「えっ」

「この最後の一枚、特に気に入りました。こんな作風の若手の方はあまりいらっしゃらないので。どこかノスタルジックで、でも新しい絵、という気がします」それは僕の部屋のキッチンに立つ真美の後ろ姿を描いたものだった。

「絵のほうは、植村さんのサイトや送っていただいたデータで確認してきましたけど、植村さんの生の絵を見てみたくて。……でも、やっぱり植村さんに直接お会いして、作品を直《じか》に見ておいてよかった」

褒め言葉に、思わず頰がゆるむ。そう言って山下さんはもうすっかり冷めてしまっているであろうコーヒーを口にした。

「実は弊誌の巻頭エッセイに添える絵を毎月一枚、お願いしたいと思っているんです」

「えっ」

ぶつけた額は、まだじりじりと痛かったけれど、僕は山下さんの言葉に足元が浮き上がる気がした。こんなことって本当にあるんだ。

「半年先の号から毎月半ば頃までに一枚、原稿を読んでそれに合う絵を描いていただきたいのです。できれば締め切りのだいたい一週間前くらいまでには下書きを見せていただく、という流れで……最初のお仕事ですから少し余裕を持ってスタートしましょうか」

締め切り、という言葉にふわふわとしていた自分の心がきゅっと締めつけられるような気がした。そりゃそうだ。仕事に締め切りがあるのなんて当然のことだ。

「昼間のお仕事との掛け持ちで時間的には大変でしょうが」

「喜んでお引き受けします！」

そう言いながら山下さんに頭を下げる僕に、僕のなかのもう一人の自分が、大丈夫なのか？　とつぶやいていた。


大きな仕事をもらったとはいえ、自分のことをイラストレーターと名乗るのはおこがましい。僕の生活の九割はサラリーマンでできている。それも頭の上に「ダメ」という言葉が載っかる。ダメサラリーマンが僕の本当の姿。

子どもの頃から得意なことは絵を描くことだけで、一浪して美大のデザイン科に進んだ。自分ってダメ人間なのかもな、と最初に突きつけられたのは、就職活動をしているときだった。このご時世、いきなりイラストだけで食べていけるとは思わなかったから、生活費を稼ぐために、とりあえず、どこかの会社に潜り込む必要があった。それなのに、大手のデザイン会社や広告代理店は全滅。最終面接まで行って落とされた会社も数えきれない。自分のどこが否定されているのかわからなかった。

それでも、なんとか、子ども用の教材を作る今の会社のデザイン室に就職し、ドリルや絵本のデザインを任された。大学時代の課題や卒制は、ただそれだけに集中していればよかったが（それでもどの課題も締め切りぎりぎりだったし、締め切りが守れず、単位不足で進級を危ぶまれたこともあった）、複数の仕事が重なり、デザイン以外の雑務も多いのが会社というところだ。ひとつの仕事の、ひとつのデザインだけに集中できれば、どんなにいいことだろう。やる意味があるのか？　と思うような長時間の会議にはまったく集中できなかったし、チームで動く仕事では、上司のデザインを「これ、まったくよくないですよね？」と正直に口にしてしまい、皆から白い目で見られた。

サラリーマンとして口にしてもいいことと、悪いことの区別が僕にはつかない。でもふり返れば、学生時代だって、同じようなことをして、作品を批判した、難癖をつけられた、といって同級生に胸ぐらをつかまれたことが何度もあったのだ。

複数の仕事をこなしながら、チームプレーもし、わけのわからない雑務にも追われ、締め切りを守る、ということがサラリーマンの僕にはまったくできなかった。頭が混乱して仕事の優先順位がわからなくなる。締め切りを守れたのは、数えるほどしかなかった。「この仕事なら半日あれば大丈夫」と自分を過信してしまう。僕のまわりを取り囲む環境は、学生時代とはまるで違うのに、僕の考え方は当時とほとんど変わっていなかった。

誰も面と向かっては言わないけれど、デザイン室のダメ社員というのは間違いようもなく僕のことだし、陰で「会社設立以来の人事の最大の失敗」と言われていることを知っている。そんな場所に毎日、決まった時間に通勤することすら、僕は嫌になっていった。けれど、食べていくためには、この仕事にかじりつくしかない。

そんなときに、大学時代に描いたイラストを同級生のデザイナーが使いたい、と連絡をくれて、小さな光が見えた。何しろイラストのストックは山ほどあったから、そこから選んでもらえればよかった。もちろん締め切りもない。その友人のすすめもあり、僕は自分のサイトを作り、過去の作品をアップし続けた。小さな仕事が増え続けて、そんなときに連絡をくれたのが山下さんだった。

「植村さんの新しい絵が見てみたいです。今までとは少しタッチの違うものを」

メールのやりとりの途中で、そう言われて緊張した。会社に入って五年というもの、僕は新しい絵はほとんど描いていなかった。サラリーマンをやっているだけで一日のほとんどの時間が持っていかれる。帰宅して絵を描く気力も体力も残っていなかった。でも、描かなければ、というときに限って、なぜだか本を読みたくなったり、映画が観たくなったり、ゲームがしたくなったりする。帰宅後はソファに寝転がり、眠る直前までスマホを握りしめていることもあった。気がつけば真夜中で、翌日はもう何度目なのか数え切れない遅刻をして、上司に睨《にら》まれる。

そんな生活に疲れてもいたし、このままの生活が続けば、僕は自分のことが大嫌いになりそうだった。サラリーマンとして僕はダメ人間だけれど、可能であるなら近い将来、フリーランスとして一人で仕事をし、イラストだけに集中できれば、生きていけるのでは、とふと思った。だから、山下さんからの仕事の依頼はチャンスなのだ、と自分に言い聞かせた。依頼されたイラストの下絵にも力を注いだつもり（とはいえ、それは一晩、いや、三時間くらいで描いたものだったが）。あんなに僕の絵をほめてくれた山下さんの期待に応《こた》えたかった。でも、下絵の提出を含めれば、月に二度の締め切り……。そのうえ、会社の仕事の締め切りも重なる。ほんとうにできるのだろうか……。

「何時間、ニトリの前で待たせる気⁉　もう何回目⁉　何十回目⁉」

ぷりぷりと怒りながら、合鍵《あいかぎ》を使って真美が部屋に入ってきた。目の前にあるゴミの袋を蹴《け》っ飛ばして怒る。僕がそのとき、ゲームのコントローラを手にしていたことも真美の怒りに油を注いだようだった。真美の姿を見た途端、やべ、と思ったが、約束の時間を忘れていたのも事実だった。スマホは消音モードにして、ソファの上に投げ出したままだった。言い訳をするつもりはないが、休日の日曜日、午前中から山下さんに依頼されたイラストの下書きをすすめていたのだ。真美との待ち合わせ時間まで、と思っていたが、スマホのタイマーをセットするのをまず忘れた。トイレに立ったときに、冷蔵庫を開けて麦茶を飲んで、ソファの上に捜していたピカソの画集があって、それを見ているうちに、床に転がっていたコントローラを手にして……。今まで何を自分がしてきたのかが頭のなかで再生される。それを伝えたところで、目の前の真美の怒りにさらに油を注ぐだけだ。僕は平謝りにただ謝った。

「ごめん……」

「ぜんっぜん心がこもってない！　ほんとうに自分が悪いことしたって思ってないでしょう⁉」

会社の上司にいつも言われていることを真美も口にした。僕が百パーセント悪いのだが、それでも心はうち沈む。真美に怒られているとき、僕は三年前に亡くなった母親を思い出してしまう。

「学校からのプリントは？」「宿題終わったの⁉」「また、忘れものして！」

幼い頃から、そう言われ続けて僕は育った。親元を離れてからは、大学では真美が僕の母親のようなものだった。入学早々、同じ学部の真美と出会っていなかったら、僕は履修手続きだって一人ではできなかっただろうし、課題の締め切りも、卒制の提出期限も守ることはできなかっただろう。真美に言われていることはあの頃からほとんど同じだ。つまり、僕は子どもの頃からまったく成長していない、ということになる。実際のところ、真美の友人に、

「あんたたち、恋人同士っていうより、まるで母親と子どもだよね」

と言われたこともあったのだ。

それでも僕は真美のことが好きだ。大学に入ってすぐつきあい始めて、くっついたり、離れたりをくり返して、それでももう九年のつきあいになる。一時的な別れは、いつでも僕のだらしなさによるものだったが、それでも何度も真美は僕のところに戻ってきてくれた。高校時代にもガールフレンドはいたが、真美との恋愛は僕にとってほとんど初めての

経験で、初めて恋人と呼べる存在で、真美に対する気持ちは大学の頃からずっと変わらない。

いつか真美に、

「こんなにだらしのない男となんでつきあっているの？」と真顔で聞いてみたことがある。

「だって直也はほかの男みたいに浮気もしないし、いつも私のことだけ見ていてくれるもん」

ほかの男って誰だよ？　と尋ねそうになるのを必死で堪《こら》えていた。

「それに、直也の悪いところって、だらしのないところだけでしょ。性格も悪くない。私にいつも優しいし、会社の愚痴だってずっと聞いてくれるし」そう言われれば思わず眉毛《まゆげ》が下がった。

そんなことを言ってくれた真美が今、僕の目の前で不動明王《ふどうみようおう》のように怒りをまき散らしている。

「ねえ、どうして一週間でこんなに散らかるかなっ！！！」

尖《とが》った声でそう言いながら、床に積み上がった衣類の山を蹴飛ばす。

「いっしょに暮らし始めたら家事だって半分だよ。共働きなんだからっ！！！」

そう言いながらも、真美は衣類の山からタオルをより分け、膝《ひざ》の上で畳みはじめる。僕は黙ったまま真美と同じようにタオルを畳み始めた。それなのに、おぼつかない僕の手が気に入らないのか、真美が僕からタオルを奪って投げつける。タオルのタグが頬に当たった。真美との約束をすっぽかした僕が悪い。

「ほんとにごめん、ほんとにほんとにごめん」

そう言う僕を無視して真美が立ち上がり、部屋を出て行こうとする。

「ちょっと待って！」

僕はそう言いながら部屋の鍵を捜す。デスク、ソファ、ベッドの上はもちろん、はいつくばるようにして床の上を探る僕を真美が醒《さ》めた目で玄関から見ている。こんなときに大事なものがいつも見当たらない。受験のときには受験票を忘れ、初めての海外旅行のときにはパスポートを忘れた。鍵やスマホをどこかに置き忘れるなんて、僕の日常では起こりすぎる出来事だった。真美が大きな音を立てて玄関のドアを閉め、あきれて出て行く。追えばよかったのかもしれないが、僕にそんなことする権利があるのか？　と思ったら、床から立ち上がれなくなった。僕はいったい、どこまでダメ人間なのだろう。

真美には幾度もＬＩＮＥやメッセージを送ったが、返信はなかった。真美のことも気にかかってはいるが（こんなことは今まで何度もあったので高をくくっていたともいえる）、今、僕がいちばん力を注がないといけないのは、山下さんと約束したイラストの下書きだった。サラリーマンをしながら、イラストを描くことがこんなにきついことだとは思いもしなかった。大学時代は課題を終えても、死ぬほど時間があったから、いくらでもイラストだけに集中していられた。あの無為な時間が愛《いと》おしかった。

結局、僕は下書きの締め切りに間に合わず、山下さんに締め切りを数日延ばしてもらった。山下さんにメールを書きながら、顔から火が出るほど恥ずかしかった。〈まだ余裕があるから大丈夫です〉という山下さんのメールの文面が表示されたスマホに向かって頭を下げた。

早く自宅に帰って下書きを仕上げたいのに、そんなときに限って、退勤間際に無駄な会議や残業が入る。こんなもの別に明日でもいいじゃないですか、と心のなかだけで思っていたはずなのに、思わず上司に向かって心の声が出た。まずい、と思ったときには遅かった。音にしてしまった言葉を口のなかに戻すことはできない。

「植村君は相変わらず、空気が読めないねえええ」

上司は笑いながらそう言ったが、その場の空気が凍り付いたことくらい僕にだってわかった。

「すみません。ちょっと頭冷やしてきます」

僕はそう言い残して、フロアを出た。自動販売機でブラックのコーヒーを買って飲みながら、スマホのスケジュールを見る。寝なければできるか、とふと思ったが、そんなことをしたら、絶対に会社を遅刻するか、欠勤するはめになる。ダメ社員と呼ばれていても、今以上に自分の印象を悪くすることだけは避けたかった。半分残った缶コーヒーを手に、フロアに戻ると、知った声が僕のことを言っているのが聞こえた。

「仕事には集中できねーし、時間は守れないし、空気も読めないし、植村ってＡＤＨＤなんじゃねーの」

足が止まりそうになるが、それでも僕は自分のデスクに向かった。くすくすという笑い声、ひそひそ声、そのどれもが自分のことを言っているような気になってくる。それでも僕は残業をすすめた。植村ってＡＤＨＤなんじゃねーの、という言葉にじゅっと焼き印を押されたような気持ちになりながら。

くたくたになって帰宅して、それでもさっそくイラストに取りかかった。けれど、集中できない。さっきの言葉が魚の小骨のように心のどこかにひっかかっている。ＡＤＨＤという言葉は聞いたことがあるが、おまえがそうだ、なんて言われたのは初めてのことだった。

スマホで検索してみる。いくつものサイトがずらずらと出てきた。自己診断テストというのもいくつもある。質問に答えてみる。「計画性を要する作業を行う際に、作業を順序だてることが困難だったことがどれくらいの頻度でありますか?」「約束や、しなければいけない用事を忘れたことがどれくらいの頻度でありますか?」すべての質問が急所を突かれているようで目が滑った。結果は「大人のＡＤＨＤの症状を持っている可能性が考えられます。できれば医師に相談してください」……。口が乾く。風邪でもないのになぜだか喉《のど》が焼かれるように痛かった。記事をスクロールしていくと、ＡＤＨＤだった有名人という文字が目に留まった。エジソン、ゴッホ、ピカソ。ピカソという文字が光って見えた。僕は床に広げたままのピカソの画集を手にとる。一生涯にころころと絵のスタイルを変えたピカソ。彼が本当にＡＤＨＤだったとして、それは偉大な芸術家だったから許されたことだったんじゃないだろうか。ＡＤＨＤのサラリーマン、イラストレーターですらない自分がどう生きていけばいいのか、なんて皆目見当がつかない。

床に寝転びながら、それでも僕は画集をめくった。この画集のなかでいちばん好きな絵のページで指が止まる。僕がピカソでいちばん好きなのは、『パイプを持つ少年』という地味な絵だった。青い服を着て、なぜか花輪を頭にかぶり、パイプを手にした陰鬱《いんうつ》な少年の絵。記憶が子どもの頃に遡《さかのぼ》っていく。自分のだらしなさを父や母から激しく叱責《しつせき》されたとき、僕はいつもこの画集を開いた。祖父にもらったものだった。

勉強が得意な優秀な兄と、運動が得意な活発な弟に挟まれて、僕はあの家でどこかしら居場所がなかった。母や父に叱られるのはいつも僕で、叱られている僕を、兄や弟が疎んじているのもなんとなく肌で感じていた。唯一の味方は離れに住む母方の祖父だった。叱られると、まるで逃げるように僕はその離れに足を向けた。祖父は美術の教師だった。勉強も運動も、何もかもぱっとしない僕に、ピカソを教えてくれたのも、デッサンの基礎を教えてくれたのもこの祖父だった。

祖父はいつもパイプをふかしていた。煙草とも違う独特の煙臭さが祖父からも祖父の部屋からも消えることはなかった。高校生の頃、祖父のパイプを黙って口にくわえていて、父に頬を張られたこともあった。両親から反対されていた美大進学を最後まで応援してくれたのも祖父だった。僕が大学に入った年に亡くなってしまったけれど。東京にいたから祖父の死に目には会えなかった。三年前にあっけなく交通事故で亡くなった母のときも……。僕のだらしなさで母に迷惑ばかりかけていた。幼い頃からほめられる言葉よりも叱られる言葉のほうが多かった。僕はいつだって、ふがいない息子だったんだ。それは今も変わらない。画集のページをめくるたび、苦い家族の思い出ばかり次々に蘇《よみがえ》ってくる。最後のページまで見終わったあと、最後にもう一度『パイプを持つ少年』の絵を見た。この少年の表情、今の自分に似てないだろうか、と思ったら、心は簡単に暗いほうに落ち込んでいく気がした。

また、スマホに目をやる。さっき検索したページをスクロールしていくと、「生きづらさを感じていませんか？」という文字が飛びこんできた。生きづらさ、という言葉を初めて聞いたわけではないけれど、ああ、今の自分の状態は、生きづらさ、という言葉であらわされるものなのか、と妙に納得してしまった。

真美は喧嘩《けんか》していたことなど忘れたように、僕の部屋を訪れた。この前の僕の失態を許した、というよりも、あきらめた、というほうが正解だろう。それでも、真美は僕から離れていこうとはしない。そのことにいつも頭が下がる。だからこそ、今の状況をなんとかしたかった。僕は真美に自分はＡＤＨＤの可能性があること、メンタルクリニックで治療を受けたいことを話した。

「えっ、メンタルクリニックって……そこまで必要？」

みるみるうちに真美の顔が曇る。

「まわりに迷惑をかける人間だってことは真美がいちばん知ってるじゃないか。僕はそれをなんとかしたいんだよ。今の僕を良くする方法があるのなら、それを知りたい。その前にまず、診断をちゃんと受けたい。……っていうか、多分そう、っていうか百パーセントそう。ほらこれ見て」

僕は「大人のADHDの症状を持っている可能性が考えられます。できれば医師に相談してください」のページのスクショを真美に見せた。彼女の顔がさらに曇る。

「この近くにメンタルクリニックがあるんだよ。駅のそばに。遠い病院だと僕は遅刻とかしていつの間にか通わなくなるだろうし。本当にADHDか診てもらって、必要なら治療も受ける。それに診断には成育歴とか必要らしいけど、僕の母はもう亡くなっているし……。だから真美にいっしょに来てほしいんだ。大学時代のだめだったところ、真美ならいくらでも話してくれるだろ」

真美は黙ったまま僕の顔を見つめている。

「ほんとは一人で行くのが不安なんだ……」

それが僕の本音だということに真美も気づいたようだった。

「わかった……」

また真美に甘えている、と思いながら、僕は真美に頭を下げた。

その翌日、僕と真美は近所のメンタルクリニックに向かった。僕の住むマンションから駅に向かう通り道にその病院はあった。「椎木メンタルクリニック」という、小さな看板がなければ、このごく普通の庭付きの民家がメンタルクリニックだと気づく人は少ないだろう。玄関のチャイムを鳴らすと、髪の短い中年女性がドアを開けてくれた。まるで誰かの家に招かれたようだった。女性のあとについて、廊下を進むと、待合室になっている和室には数人がいたが、皆、静かに本を読んだり、スマホを見たりしている。誰もがごく普通の人に見える。とても心が病んでいる人には見えない。そのことが逆に怖くも感じた。どんな人でも心を病む可能性がある、と言われているようで。

問診票を書き、ほどなくしてさっきの女性に呼ばれた。真美と二人、呼ばれた部屋に入っていく。女性が名刺を差し出す。小さなカードに「カウンセラー　椎木さおり」とある。この人も病院のスタッフなのか、とわかって驚いた。白衣すら着ていない。ごく普通の細かいギンガムチェックのワンピースを着ている。亡くなる前の僕の母より若く見えた。尋ねられるまま僕は自分のことを話した。会社員をしながらイラストを描いていること、多分、僕はＡＤＨＤで、隣にいる恋人や会社の人たちに大きな迷惑をかけていること。さおり先生はカルテのようなものにさらさらと万年筆で僕の言葉を書き留めていく。

「今、自分のことをどういうふうに思う？」

さおり先生が首を傾げて尋ねる。

「僕はどうしようもないダメ人間です……」

「完璧《かんぺき》な人間なんてどこにもいないよ」

本当のことをいえば、ふいに言われたその言葉に思わず泣きそうになっていた。真美もさおり先生に尋ねられるまま答えた。大学時代のこと、今の僕の生活。課題の期限に間に合わせることができないこと……遅刻、忘れもの、紛失が多いこと……。隣で聞いているだけで、やっぱり僕はどうしようもないダメ人間だ、と思わざるをえない。暗い顔になったのがわかったのか、さおり先生がどこかおどけた声で言った。

「子どもの頃、お母さんに忘れん坊大将って呼ばれていなかった？」その通りだった。

問診を終えて、ドクターに会うことになった。廊下の奥にある診察室の襖《ふすま》を開けると、大きな木のデスクの向こうに、さおり先生と同じくらいの年齢のひげ面の男性がいた。差し出された紙片に「椎木旬」とある。さおり先生のご主人なのだろうか？　そう思いながら、デスクの前に置かれた椅子に真美と二人、腰を下ろした。旬先生が問診票に目を通す。旬先生からもいくつも質問を受け、僕はそれに答えた。自分の丸裸をさらけ出しているようで心が疲れる。僕が小さなため息をつくと、旬先生が、

「大丈夫、君はここに来ることができたんだから」とよく通る声で言った。

「確かに君はＡＤＨＤの可能性が高いといえる。けれど、短時間の問診だけでは、診断がつかないことも多いんだ。それにもし、ＡＤＨＤだとしても薬ですっきり簡単に治る、というものでもない。もちろん、君が仕事に集中しやすくなるような薬は出す。今、君が困っていることはいくらか改善されると思う。それよりも君の生活を快適にすることを優先させていこう……でもね、君はたぶん、大丈夫だよ」

「えっ」

「自分の不得意なところを補ってくれる人がいれば、その人が味方になってくれれば、君はもう半分治っている、と言っていいんだよ。君にはもう、そういう存在がいるんじゃないかな」そう言いながら旬先生が真美の顔を見る。真美と僕は顔を見合わせた。真美の顔は心なしか赤かった。

「さおり先生から生活のアドバイスがあると思うけれど、君はまた同じことか、くだらない、って思うかもしれない。でも、そのひとつひとつが自分の生活を快適にする、って信じてほしいんだ。だからできるだけ守れるようにやってみてほしい。いいかな？」

「……わかりました」僕は神妙に頷《うなず》いた。

確かにそのあと、さおり先生から教えてもらった生活のアドバイスはとても小さなことだった。「鍵やスマホは置き場所を決めて、使ったらそこに戻すようにする」「イラストの仕事をするデスクにはイラストと関係のないものを置かない」「イラストを描いているときはスマホを遠ざけて消音モードにする」「会社の仕事を安請け合いしない。できないことはできないと最初から穏便に伝える」「仕事や生活をサポートしてもらったら、必ず御礼を伝えること」………。正直、旬先生の言ったように僕はまたか、と思った。けれど、隣に座る真美は熱心にメモをとっている。その顔を見て思った。またか、ではない。やらなくちゃ。最後にさおり先生が真美と二人で話し、その日の診察は終わりになった。

僕と真美は二人で「純喫茶・純」に向かった。今日は絆創膏を貼ってくれたあの日の店長らしき人はおらず、大学生くらいの若い女の子がオーダーを取りに来た。緊張もあったのだろう。僕は初めてのメンタルクリニックにすっかり疲れてしまっていた。

「ADHDだ、とははっきり言われなかったけれど、やっぱり僕ってADHDなんだろうな……。子どもの頃からずっと言われてきたことも、病気のせいだと思ったら、妙に納得してしまった」

「ねえ、もう私たち、いっしょに暮らさない？」

真美が僕の目をまっすぐに見ながら言った。

「えっ」

「そのほうが直也にとっても、ううん、私のほうが安心する。だって、いつかは私達、結婚するんでしょう？」

お互いに結婚は近い未来だと思ってはいたが、真美のほうからこんなにはっきりと結婚という言葉が出たのはほとんど初めてのことだった。僕は真美の勢いにほんの少しひるみながら、それでも言った。

「それはそうだけど……真美、僕の母親役みたいなことをずっと続けることができる？」

「でも今だって同じじゃん。今だって母親みたいなもんだし」そう言って真美が笑う。

「直也が本当にADHDかどうかはわからないけど、メンタルクリニックで薬もらったり、アドバイス受けたりするほどなんだ、と思ったら、おかしいかもしれないけど、少し安心したんだ。直也がそれほどの状態なんだ、ってわかってほっとしているのは私のほうかも。

だって、悪いのは直也のせいじゃない、心の状態のせいなんでしょう。そう思ったら、私、なんだかいらいらしてたものが少しすっきりしちゃった」

「僕は悪くない。心の状態のせい……」

「そう！　だから、私、もう直也を責めないよ。直也が生きやすいように私が支える。だから、直也も私を支えてね……。私だって直也に比べれば片づけは得意かもしれないけれど、料理なんてぜんぜんだめだし。部屋は散らかすけど、直也のほうがおいしいもの作るじゃん。……くやしいけど。とにかく今日は百円ショップに行って、先生に言われたとおり、物の置き場所を決められるように道具を揃えよう」そう言い終えて、真美はコーヒーを口にし、

「ここのコーヒー、めちゃおいしいね。店は古いけど」と小さな声で僕に告げた。

　喫茶店からの帰り道、僕と真美は駅のそばにある百円ショップに行き、プラスチックのケースやシールなどを揃えた。家に帰り、真美はケースに白いシールを貼り、スマホ、鍵、ハンカチ、などとラベルを書いていく。ケースは玄関脇の靴箱の上に置かれた。僕はそこにスマホと鍵を置き、引き出しからハンカチを持ってきてそこに入れた。次に真美とした ことはデスクまわりの片づけだった。ペンはペン立てに、必要な資料だけをデスクの上に置き、それ以外は本棚にしまった。真美が床を見て大きなため息をつきながら腕まくりをする。

「まずはいらないものをどんどん捨てていこう、じゃないと私の荷物が入らないもん」

そう言う真美に指図されながら僕は不用品をゴミ袋に入れ、洗濯物を洗濯機に、洗ってある衣類を畳んでチェストやクローゼットにしまった。こんなこと実家にいるときに、母親と何度もやったなあ、と思わずにはいられなかった。けれど、これが最後のチャンスだ、とも思っていた。今、変わらなくちゃ、僕はたぶん一生このままだ。薬も飲む。カウンセリングも受ける。だから変わらなくちゃ、今。

その一週間後、真美はすっかり綺麗《きれい》になった部屋に引っ越してきた。

「薬、飲んだ？　スマホ、鍵はＯＫ？」

出勤前、真美は必ず確認してくれた。真美のほうが早く出るときには、ドアノブに張られた付箋《ふせん》のメモを見て、僕は持ち物をチェックした。

真美の仕事は僕よりも残業が多かったから、真美が帰るまではほかのことに気を逸《そ》らさない、と決めて、デスクに向かい、イラストの下書きを描いた。飲み始めた薬の効果はすぐには出ない、と旬先生が言っていたが、以前よりイラストに集中できていることは確かだった。

会社員生活は相変わらずだった。僕に貼られたダメ社員というレッテルはなかなか剝《は》がれそうにもなかった。同僚や上司にはメンタルクリニックに行ったことは話していなかった（そもそもそんな話ができる人が社内にはいない）。それでも「仕事を安請け合いしない」「何かしてもらったら必ず御礼を言う」というふたつのことは必ず守ろうと心に誓った。「仕事を安請け合いしない」ことを守ることは僕にとって「無駄な残業をしない」という意味でもあったのだけれど、そこはあえて「空気が読めないダメ社員」となって、素知らぬ顔で「お先に失礼します」といつもより早めに退社するようにした。僕がいなくなったあと、もうどんな話をされてもいい。今の僕にとっては、山下さんとの締め切りの約束を守ること、それがいちばん大事なことなのだから。

真美が家に帰るまで僕はデスクで仕事をし、僕が作った簡単な夕食を二人でとり、そして、真美がベッドに入ったあともイラストを描き続けた。まだだめだ、もっと描けるはず、そう思うのに、筆がその先から進まない。そんなとき、ふいに、スマホを捜している自分に気づいて、自分で自分にダメ出しをした。スマホは玄関脇の靴箱の上、手にしたら最後だ。ゲーム機は真美が引っ越してきたときに押し入れの奥にしまわれた。手にすることができるのはデスクの上に詰まれた画集のみ。イラストに集中するしかない。一度、延ばしてもらった締め切りは明日だ。僕はほとんど眠らずにイラストの下書きを描き終えた。正直、満足できる出来だった、とはいえない。それでも約束は守ったのだ。夜明け前に、山下さんにメールで送った。シュッというメールの送信音を聞きながら、今まで感じたことのない満足感と高揚感を僕は味わっていた。けれど、それも一瞬のことだった。

〈……ちょっと僕の想像していたものとは違って。もう何枚か追加でお願いすることはできますか?〉

会社の昼休み、定食屋に向かう歩道橋の上で山下さんからのメールの返信を読み、僕の足は止まってしまった。だめだった、という落胆に、追加でまた描かなくちゃならない、という言葉が重なり、僕の足取りを重くしていた。メールをもう一度読む。山下さんの丁寧な物言いがひどく応えた。会社員をしながらイラストを描くなんて僕にとってはいちばん難しいことだったんだ。でも、イラストを描かなくなったら、僕はただのダメ社員になってしまう。そんな自分は僕だって嫌だった。

それでも、そのことから逃げたくて、僕は自分の部屋のデスクに向かわなくなった。デスクに向かう時間を少なくするために、わざと残業を入れたりする僕を同僚は訝《いぶか》しげな目で見た。会社から帰るとソファに寝転がり、スマホで無駄に時間を過ごした。夕食は作ったものの、キッチンの片づけはしていなかった。使った包丁も野菜の切れっぱしもそのままだった。確実に以前の僕に戻りつつあった。帰ったら取り込んでおいてね、と言われた洗濯物も夜風に吹かれて揺れている。

「ねえ、イラストは？」

仕事から帰ってきた真美は散らかった部屋を見回し、ソファに寝転んでいる僕に、少しいらいらした様子で尋ねる。

「締め切りがあったんじゃないの？」

「僕には無理だったんだよ。僕には才能なんてないの。所詮《しょせん》無理なの」

「イラスト描いてない直也なんか好きじゃない！　夢があるから直也を支えてきたのに。直也なんかイラスト描いていなかったらただの……」最後まで真美は口にしなかった。そうして、それは真美の本音なんだろう、と思った。

「……私、今日は友だちの家に泊まらせてもらう」

大学時代の友人の名前を告げて、真美は静かに出て行った。僕は引き止めることもできずにソファに寝転がっているだけだった。真美がドアを開けた瞬間、かすかに雨音がして、雨のにおいが部屋に忍びこんできた。咄嗟《とっさ》に傘を持っていくこともできずに、僕の体はまるで接着剤でくっつけられたみたいにソファの上から動けなかった。


「もう無理です」とも「もう少し時間をください」とも山下さんにメールの返信ができないまま、時間が過ぎていった。真美からは、なんの連絡もない。もう連絡すら来ないかもな、と僕は半ば自虐的な気持ちになりながら、それでも週末、椎木メンタルクリニックに行った。さおり先生とのカウンセリングの時間だけが、僕の本音をさらせる時間だった。

「……僕はほんとうにダメ人間です」

「どうして、そんなふうに思うの?」

「注意散漫だし、忘れっぽい。社会のルールもマニュアルも守れない。……いいとこなんかないじゃないですか?」

「注意散漫なのは、どんなことにも好奇心があるから、ルールやマニュアルが守れないのは、創意工夫のほうが上手だから、忘れっぽい人は根に持たない人、っていう証《あかし》よ」

さおり先生の言葉には澱《よど》みがなかった。

「でも、僕……なにもできません。社会人としての価値なんてゼロです」

「会社員しながらイラストも描いているんでしょう？　それだけでもすごいことだと思わない？　真美さんはあなたが描くイラストが大好きだって」

「真美が……」きゅっと胸をつねられる気がした。

「あなたが描く絵が好きだから、あなたを支える、って。そういう人が一人でもいること、とってもラッキーなことだと思わない？」

「……でも、その真美も僕の部屋から出て行きました」

「そうだったの……喧嘩でもした？」

「僕がだらしないからです。イラストを描かない僕なんて、ただの……」

　そこから先は会話にならなかった。さおり先生の前では泣くまい、と思っているのに、涙はいくらでも出た。さおり先生がそっとティッシュの箱を差し出す。さおり先生はお茶が冷めてしまったかも、と言いながら、僕の茶碗《ちゃわん》にまだほんの少しあたたかいハーブティーのようなものを注いでくれた。茶碗を両方の手のひらで包むようにしてお茶をすする。

「このクリニックにはね、ほんの少し、ううん、ひどく心が疲れてしまった人がたくさん来るの。人間だもの、そういう時期は誰にでもあるよね。でもね、人間は完全な丸じゃないし、誰だってどこかが欠けているものなの。私だってそう……」

「先生も、ですか？」

「こんなふうに、えらそうに人に物を言っているけれど、心の弱さでは負けない自信があるよ」

　そう言って鼻の横に細かい皺《しわ》を寄せて、さおり先生は静かに笑った。

「誰だって無理を重ねたら、心が疲れてしまう。みんな自分の人生に完璧を求めてしまうかもしれないけれど、そうするとどうやっても心に無理がかかるの。ほどほどでいいんだよ。人生長いんだから。それに」そう言ってさおり先生もお茶を飲んだ。

「こういう病院に来るのはとても勇気のいることでしょう。心が疲れてしまった人を助けてあげるなんて、ほんとうにおこがましいけれど、このクリニックに来て、少し休んで、みんなが元気になって去って行く。そのことが本当にうれしいの。植村さん、このクリニックに来てくれて、本当にありがとうね」そう言ってさおり先生は頭を下げた。

「そんな……助けられているのは僕のほうです」僕も頭を下げた。

「少し、今の植村さんの生活を整理してみようか。……今、いちばん、植村さんが気になっていることはなんだろうね。心を苦しくさせている原因はなんだと思う？」

　気になっているのは、心を苦しくさせているのは、山下さんへのメールを返していないことと、そして、真美のことだ。そのことをさおり先生に話した。

「まずは、その山下さんていう方にメールを返してみようか。その人も植村さんから連絡がないことを心配しているかもしれないよ。……もう少し心に余裕があるのなら、真美さんにも連絡してみよう。今、真美さんは少しあなたと距離をとりたいのかもしれないね。……でも大丈夫。あなたたちは多分大丈夫よ」

さおり先生はそう言ってくれたが、僕にはまったく自信がなかった。それでも自宅に帰り、すぐに山下さんに詫《わ》びのメールを送った。直後にスマホが震える。山下さんからだった。

「ご連絡がないから、ご体調でも崩されているのではないかと心配していました」

山下さんに見えるはずもないのに僕は頭を下げながら、口を開く。

「こちらこそ、本当に申し訳ありませんでした。今、会社の仕事に振り回されていて、なかなか連絡もできず……」それは嘘だったが、そんなふうな言い回しができるようになったのも、あのクリニックに通うようになったからかもしれなかった。

「下書きありがとうございました。あの絵もとても素敵だったのですが、植村さんにはもっとすごいものが描けるんじゃないかと僕は思っていて……植村さん、まだ少し時間には余裕があるので、もう少し二人でねばってみませんか？」

二人で、と言われたことが素直にうれしかった。電話を切って僕はすぐにデスクに向かった。真美にＬＩＮＥを送り続けていたが既読にはならない。真美がもし、僕のそばからいなくなったら、という不安に心が傾きそうになる。でも、今までだって僕らは何度もやり直してきた。さおり先生が言った、大丈夫、という言葉をお守りのように抱えて、僕はイラストの下書きを描き続けた。描いては送り、幾度もダメ出しをされ、それでも僕は描いた。僕にできることは描くことしかないのだ。会社の仕事が終わると、すぐにデスクに向かった。スマホのタイマーを使って時間を区切ることで、以前より集中できるようになっていた。自分でも、これなら、と思うものが描けたのはそれから四日後のことで、僕はそのイラストのデータをすぐに山下さんに送った。ふうっと大きなため息が出た。部屋を見回す。以前のようにゴミ袋が転がっているわけではないが、片づいている、というわけでもない。目についたのは、真美が百円ショップで買って用意してくれた小物入れだった。ラベルの真美の字を見て、僕は心を決めた。真美が戻ってくるのを待っているのではなく、今度は僕が真美を迎えに行くのだ。部屋を片づけ、僕は真美の友人の家に向かった。

「あんたたち、何度よりを戻したら気がすむんだよ。そのたびにこっちもいい迷惑。……もういい加減に結婚でもなんでもしてよ」

真美の友人は僕の顔を見て笑いながら言った。

「もう、これで最後だから」そう言いながら僕は友人のうしろでふくれっ面をしている真美の腕をとり、家の外に連れ出した。真美は視線を合わせないが、それでも僕のうしろをのろのろとついてくる。部屋の鍵を取り出し、ドアを開ける。鍵は真美が用意してくれた、小物入れに置いた。どことなく片づいている部屋に真美が目を丸くしている。真美が足を進めて近づいたのはパソコンのモニターだった。さっき、山下さんに送った絵がそのままになっていた。

「なんだか絵が変わってきたね」

「そうかな……自分ではぜんぜんわからないよ」

「迫力が出てきたよ。直也はすごいね、才能があるんだよ。……私なんか美大に行ったくせに、今じゃ普通のＯＬだもん。なんのために親に高い学費出してもらったのか……とりえもないし、料理だってぜんぜんうまくならないし……才能を生かして生き生きしてる直也のそばにいると、なんだか卑屈になってしまうこともあるんだよ、私……」そう言って真美は泣き出した。自分のそばにいると真美が卑屈になってしまうなんて、初めて聞いたことだった。

「でも真美はちゃんと社会人をやれているじゃないか。片づけだって僕にはできない。それは僕にとったらものすごいことなんだよ。僕はＡＤＨＤ、会社員不適合者、……万年ダメ社員だもの」

「どこがダメなの!?　そんなに自分のことダメダメ言わないでよ！　私の気持ちはどうなるの？　そんなふうに自分のことダメダメ言っている人のことが好きな私って何？　なんだか自分までダメになっていくような気がする」

「ごめん……」

「直也が自分のこと、これからもダメって言い続けるなら、私、直也といっしょにいることと、本当にもうやめにしたい。自分がみじめになるだけだもの……」

僕は真美の手を取り、叫ぶように言った。

「僕は真美とこれからもいっしょにいたい。真美じゃなきゃだめなんだよ。何度も何度も、僕たち、近づいたり離れたりしたけれど、僕はこの先もずっと真美といっしょにいたいんだよ！」そんなことを真美に言ったのは初めてのことだった。真美も僕の言葉の強さに驚いた顔をしている。

「時間はかかるかもしれないけれど、僕が一人前のイラストレーターになったら、いつか真美と結婚したい。僕、こんなふうだから、ちゃんとした父親になれるかどうかもわからない。でも、いつか、真美と僕の子どもが欲しい。僕は多分これからも真美にたくさん迷惑かけると思う。それでも、自分のいけないところ、改めるように頑張る。そのためには、クリニックにも通う。それでもこの先だって、僕は僕のままでしかいられないと思うけど、でも」

そのとき、小物入れにあったスマホが震えた。なんだってこんなときに、と思いながら手にとると、山下さんの名前が浮かんでいる。僕は真美に、ごめん、と言いながら電話に出た。

「送っていただいたイラスト、すっごくよかったです！」

山下さんの声が興奮しているのがわかる。電話の向こうの山下さんは僕の絵を褒め続ける。そんなこと、学生時代にだって経験したことがなかった。耳がこそばゆい。

「これでいきましょう。連載、大変かもしれませんが、これからどうぞよろしくお願いしますね」

山下さんが僕の小さな未来を、そう約束してくれたことがうれしかった。僕は山下さんの電話の内容を真美に伝えた。緊張していた真美の顔がほころぶ。さっきの続きを話したほうがいいのか迷っているうちに、真美が僕の腕のなかに飛びこんできた。僕は真美の小さな体を抱きしめる。絶対に失ってはいけないものだ、と改めて思った。真美のおなかが鳴る音がした。

「夕飯もまだだった。話の続きは後でするから、とにかく先に何か作って食べよう。真美はそこに座っていて」

そう言って僕はキッチンに立った。冷蔵庫のなかに、いつか真美が買って来た消費期限ギリギリの中華めんが二玉ある。それに使いかけのハムと、野菜室には半分になったキャベツとしなびたような人参。焼きそばを作ろうと、僕は包丁を握った。ハムと野菜を炒《いた》め、中華めんを炒める。中華だしで即席の卵スープも作った。いつの間にか、真美が隣にいて、野菜のくずや卵の殻を片づけている。

「ごめん……料理しながら片づけができなくて……」

「私が片づければ問題ないでしょう」

リビングのローテーブルに料理を並べた。真美が、お祝いだと言って冷蔵庫から缶ビールを持ってくる。それを二つのグラスに均等に注いだ。

「いただきます」と二人、手を合わせて箸《はし》をとった。真美が焼きそばを頬張ったまま、おいしい、おいしい、と言い続けるので僕は少し恥ずかしかった。二人で瞬く間に焼きそばを食べてしまい、それでもまだおなかは空《す》いていて、ビールももっと呑《の》みたかったので、僕らはコンビニに行くことにした。玄関の小物入れから鍵を取ると、真美が、

「意外に役立ってるじゃん」と笑った。

僕らは二人、子どものように手をつないでコンビニに向かった。いつの間にか季節は巡って、冬の夜のにおいがした。コンビニまでは暗い公園のそばを通る。僕に身を寄せながら、真美が前を向いたまま言った。

「やっぱり料理は直也のほうが上手だよ。焼きそば、おいしかった。くやしいけど、イラストもうまいし、直也はもう一人前のイラストレーターだよ。それに、性格だって私よりずっといい。誰かのことを妬《ねた》んだり、僻《ひが》んだり、拗《す》ねたりもしない。直也は自分のことダメダメって言うけれど、私しか知らないいいところがたくさんあるんだよ。それは私だけが知ってること。……本当のことを言えば、誰にも教えたくない。……直也」

「ん？」真美が足を止める。僕は真美に向き合った。

「私といつまでもいっしょにいてくれる？」

「それは僕の台詞《せりふ》だよ。真美、僕といつまでもいっしょにいてください」

暗がりのなかで僕らは抱き合った。真美の頭頂部の小さなつむじのにおいを嗅《か》いだ。真美の体のあたたかさが、僕のなかで冷たく小さくなってしまっていたものを優しく溶かしていく。

僕にできることがあるとするのなら、絵を描くこと。そして、支えてくれる真美を大事にすること。それから、できるかどうかわからないけれど、僕も真美を支えること。

「僕は僕のままで、真美にいつまでも迷惑かけるかもしれないけれど、真美も真美のままでいてほしい。だから、これからもいっしょにいてください」

腕のなかの真美が小さく頷いたような気がした。

僕の気持ちが真美にちゃんと伝わったかどうかは自信がない。けれど、それならば、何度でも同じことを伝えようと思った。

真美を抱きしめたまま、見上げると、冬の空の高いところに、少し欠けた月が見えた。

人間は完全な丸じゃないのよ。いつかさおり先生が僕に言ってくれた言葉を思い出した。完全な丸なんてもう目指さない。僕は欠けた月のまま、生きていくのだ。欠けた場所にはきっと真美が光を投げかけてくれる。真美に欠けた部分なんてあるとは思わないけれど、もし、あるとするのなら、僕が光を投げかける。これからもずっと、そうだ。

ひゅーっと冷たい風が僕の頬を撫《な》でていった。僕は真美をきつく、きつく抱きしめた。二人でいるから、寒くはなかった。僕ら二人を、欠けた月がいつまでも照らしていた。

アリスの眠り

「麻美《あさみ》、また同じパターンじゃんか！」

美優《みゆ》の声の大きさに居酒屋にいたまわりの客の幾人かがこちらを見た。

「しーっ！　美優、声が大きい！」

私は慌てて口に人さし指を当てた。

「まったく何度同じことをくり返せば気が済むわけ⁉」

そう言われれば返す言葉もない。美優はぷりぷりと怒りながら黙ったままビールを飲み、生春巻きを手でつまんで口に押し込んだ。

〈仕事どう？　どこかで日にちがあえば近況報告会しない？〉

美優から連絡が来たのは一週間前のこと。二人とも週末の土曜日ならなんとかなりそうだったので、二人の家の中間にある中央《ちゅうおう》線の高架下の居酒屋で会うことになった。美優は大学時代からの親友で、私の恋愛遍歴の全部を知っている。

違う会社に就職したものの、お互い食品メーカーの営業という同じ仕事をしているため（そうはいっても美優の会社は一流で私の会社は三流だ）、三カ月に一度は近況報告会と称して、居酒屋でお互いの仕事について報告しあう、というのが私たちの習慣になっていた。だけど、仕事の話なんてすぐに終わってしまう。使えない上司、使えない同僚、使えない部下、あそこのスーパーの担当者は当たりが強い、なんて話は三十分もあれば十分だ。

ビールのジョッキが空くほどに、プライベートな話になっていく。むしろそっちが本題と言ってよかった。美優には大学時代からつきあっている彼氏がいて（私とも仲の良かった中瀬《なかせ》君）、もうずいぶんとつきあいは長い。

「あとはタイミングみて結婚するだけ。だけど、子どものこととか考えたら早いほうがいいんだろね」という美優の話はこの前と変わりはなかった。結婚するならなんとなく三十までと二人でぼんやりと考えていたら、もう私たちは二十八になっていた。

大学時代の同級生の結婚ブームは二十六で第一波が来て、二十九を前に第二波が来ようとしている。その波に美優も乗るんじゃないかと思うと、私は内心ひやひやしていた。

あんなに死ぬほどのエネルギーをかけた就活はなんだったんだ、と思うくらい、正直なところ、仕事に興味は持てない。それなのに、なぜだか私の営業成績は良くて、私の肩には年を経るごとに仕事の責任がずしり、とのしかかっていた。吹けば飛ぶような会社だけれど、同期のなかでいちばん早くチームリーダーになり、課長から「このままいけば課長だって夢じゃないよ」と言われてめまいがした。専業主婦になる気はない。だけど、仕事がいちばん、という生活はどうしても嫌なのだ。今の私は仕事じゃなくて、恋がしたい。

テーブルに載せたままの携帯の画面に視線を落とす。

「また、携帯見て！」美優に叱られた。川島《かわしま》さんからのＬＩＮＥの返信が昨日からないメッセージを送っても既読にならない。そのことに心がもっていかれていた。

「とにかくその！　川島さんにお金を貸すのだけはぜーったいにやめな！」

怖い顔で美優に釘《くぎ》を刺されて、私は川島さんのことを話したことを後悔し始めていた。

「ちょっと今日の昼間、ＡＴＭに行けなくて……悪いんだけどタクシー代五千円貸してもらえないかな」

昨日の夜、そう川島さんに言われた。美優にはお金を貸さなかった、と言ったけど（叱られると思ったから）、本当のことを言えば、「これで、足りる？」と一万円札を渡したのだった。「ありがとう」川島さんはそう言って私のことをぎゅっと抱きしめてくれた。体に電気が走ったみたいだった。ああ、私、今、川島さんに必要とされている、と思ったら、うれしさで気絶しそうだった。

とはいえ、男の人に「お金を貸して」と言われたのは、私の恋の歴史のなかで二度目……。私だって「ん？　これはあのときのパターンをくり返すのでは？」と思わずにはいられなかった。

一度目は大学時代に向井《むかい》君という男の子とつきあっていたときのことだ。

「ちょっと千円貸してくれない？」と言われたときは私だってびっくりした。そんなことをつきあっている男の人から言われたのは初めてだったし。でも、そのときは向井君のことが大好きで、「すぐに返すね」という言葉を疑いはしなかった。けれど、その千円が五千円、五千円が一万円になるまでにそれほど時間はかからなかった。私だって、少ない仕送りとバイトでもらうお金だけで生活していたから、一万円というのは大金だった。それに最初の千円だって返してもらっていない。

「ええっ、でも……」と渋っていると、「麻美は俺のこと愛していないんだ！」と怒鳴られて体がすくんだ。今になって思えばそれが本当のことかどうかわからないけれど、向井君のご両親は向井君が小学生のときに離婚して、向井君を置いて母親は出て行ってしまったらしい。だから、「麻美も母さんみたいに俺のことなんかちっとも大事にしてないんだ！」と言われてしまったら言い返せなかった。

それに、私と向井君のどちらが、より相手のことを好きか、といったら、その熱量が高いのは絶対私のほうなのだった。向井君との恋愛に限ったことではない。私の恋愛はいつも私のほうから好きになって始まる。向井君に半ば無理矢理、「好き好き大好き」と恋人になることを迫っただけに向井君の要求を断るのはそのときの私にはとても勇気がいることだった。

私はぱっと目につくような可愛い女子でもないし、スタイルも頭も悪い。誰かから「好きです、つきあいませんか？」と言われたことは、情けないことだが、生涯で一度もなかった。いつも恋愛は私の「好き、好き」から始まり、相手はそれに押される形で、つきあいがなんとなく始まり、私は好きな相手の要求なら、ほとんど呑《の》んでしまう、それが定番だった。向井君ともそうだった。そうじゃなければ、私のような女子は恋愛なんてできない。今でも心の底からそう思っている。

向井君にお金を渡しては返してくれない日々は続き（向井君が何にお金を使っているのか聞きたくても聞けなかった）、私は深夜の配送会社のバイトを入れてまで向井君にお金を渡すようになっていた。目の下を真っ黒にした私の異変に最初に気づいたのは美優で、「そんな恋愛あるもんか！」と私の目を醒《さ》ましてくれたのだった。でも、そう言われてもなかなか別れられなかったし、私は渡せるだけのお金を向井君に渡し続けていた。けれど、ある日、「渡せるお金がもうない……」と言った私に向井君が手をあげたところで、鈍い私もやっと向井君のヤバさを理解した。「私は向井君のＡＴＭじゃないし！」そう言い放って別れたあとだって、私はやっぱり向井君のことが好きなのだった。

でも、もう、あんな恋愛は懲り懲りだった。だから、そのあとにした恋愛だって、絶対に「お金を貸して」なんて言わなそうな人を選んできた。だけど……向井君とのような、なんでも相手の要求に応《こた》える恋愛じゃないと満足しない自分も、どこかにいるのだった。もちろん「お金を貸して」なんて言う人にいい人がいないことは重々わかっている。だけど、そんなことを言わない人は私にとって、どこか物足りなくもあるのだ。

だから、その代わり、というわけではないけれど、全力で相手を愛した。自分のことよりもまず相手のことを尊重した。会いたい、と言われれば、どんなに仕事でズタボロになっていても深夜にタクシーを飛ばして会いに行ったし、クリスマスには相手の喜ぶ顔が見たいというだけでやたらに手間のかかる牛スネ肉のシチューを朝から煮込んだり……。とにかく相手のためならなんでもする、相手の望むことならなんでもする、というのが不器用な私の愛し方だった。それが人とは随分と違っている、ということに気づいたときには、もう二十五を過ぎていた。それに大抵、そういう愛し方をした人からは、「なんか重くて……」と別れを切り出された。

今度こそ、お金を貸してと言わない人で、その人を重いと言われるほど愛しすぎないこと。私はそれを心に留めて、一年間マッチングアプリで相手を探した。幾人かと会ってはみたけれど、どの人もピンとこなくて、それでも消去法で残ったのが川島さんだった。川島さんは、私が「好き、好き」という気配を出さなくても、私という人間に興味を持ってくれたみたいだった。私よりも二歳上の川島さん。大きな印刷機器メーカーで私と同じ営業の仕事をしている。初めて会ったとき、ピッと指が切れそうな真新しい真っ白な名刺を渡してくれた。それまでアプリで会った人は、フリーランスのSEとか、革小物を作っている人とか、自分で起業したけれど、まだあまりうまくいっていない人とか、どこか社会的に不安定な人が多かったから、正直に言えば、最初はその安定していそうな会社名に惹《ひ》かれた。あんなに大きな会社だもの。「お金貸して」なんて言いそうなヤバい人は入社させないはず、と思ったのだ。

　ルックスはいまひとつ私の好みではなかったけれど、あまりに私の好みだと、私の重すぎる愛し方が発動してしまう。映画の好みは同じだったし（お互いパニック映画が好きで『ミスト』の後味の悪さで盛り上がった）、いつも清潔そうなセンスのいい洋服を着ているし、会うときのお店の決め方もスムーズで、最初から三回は奢《おご》ってくれた。あとは私に「お金を貸してくれない？」と言わなければいい。つきあって三カ月経ってそう思った。それでも、やっぱり会うときは私のほうから提案することが多いのはちょっと不満だったけど……。

　昨日の夜もそうだった。もう二週間も会っていなかったから、私の家で夕食を食べない？　と川島さんを誘った。山盛りの牡蠣《かき》フライを狭いキッチンで頑張って作った。タルタルソースも手作りだ。今日はきっと泊まっていってくれるんだろうな。満腹のおなかを擦《さす》りながら、心のなかでふふふと、笑みを浮かべていたときのことだった。ふいに川島さんが言ったのだ。

「ちょっと今日の昼間、ＡＴＭに行けなくて……悪いんだけどタクシー代五千円貸してもらえないかな。ＬＩＮＥで振り込み先を教えてくれればすぐに明日振り込むから」って。

ぐっ、と私は空気をのみ込んだ。ちりり、と胸が痛んだ。

「今日泊まっていって、明日の朝早く、川島さんの部屋に着替えに帰ればよくない？」

「明日は朝から会議があって、そのための準備もまだ終わってないし……僕、今日は疲れているから自分のベッドで寝たいんだ。麻美ちゃんちのベッド、体の大きな僕には小さいし……」

川島さんが私の部屋のニトリのシングルベッドを見下ろす。そう言われてすぐ、今度の休みにはダブルベッドを買いに行こうと思った私は馬鹿だ。クレジットカードも電子マネーもないの？　と聞きたかったが、私の口は開かない。

もやもやは私の心の中で広がるが、川島さんを問いつめて嫌われたくはない。

「じゃあ……」そう言いながら、私はバッグの中から財布を取り出した。そのとき、美優や向井君の顔が浮かんだ。いや、たまたまだって。たまたま、川島さんの持ち合わせがなかったのだ、そう思いながら、私は小さく折り畳んだ一万円札を手渡した。これだけあれば、ここから三駅先の川島さんのマンションまでは十分足りるはず。

「ほんっとにごめん。迷惑かけて。明日、すぐに振り込むから！」

と、川島さんが一万円札を両手に挟んで私を拝む。「ありがとう」と言いながら、私をぎゅっと抱きしめてくれた。

「うん。大丈夫」

そうして川島さんは帰り支度を始めた。今日は泊まっていってくれるかな、と思っていたから、私の胸は寂しさでびりびりに破れそうだった。身支度をする川島さんのまわりをぐるぐる回りながら、私は尋ねた。

「家についたら、ＬＩＮＥしてね」

うん、うん、と言う川島さんの返事はどこか心ここにあらずな感じ。深夜になっても川島さんからのＬＩＮＥはなかった。

〈お仕事がんばってください。私の銀行口座は……いつでもいいですよ！〉笑っているクマのスタンプ。既読になっただけだった。それに今日の午前中にはもう私の口座に一万円が振り込まれていた。だけど、そこからも川島さんからの連絡はなかった。

「お金貸してほしいなんて簡単に言うような男やめとけー！」

すっかりでき上がってしまった美優がまた大声で叫ぶ。私はまわりのお客さんに頭を下げながら、「ほら、もう今日は帰ろう」と美優にバッグを押しつけた。だけど、これから、自分一人の部屋に帰っていくことが怖くて仕方なかった。

いったい私のどこがいけなかったのかな？

牡蠣フライが好物って言ってたけど、私の作ったのはまずかったから？

その日から、仕事をしていても、いつも川島さんのことが頭にあった。仕事中、空いた時間があれば、携帯を見た。でも、クマのスタンプが笑っているばかりで、川島さんからの新しいメッセージもない。御礼くらいしろよ！　と思わぬこともなかったが、それよりも、川島さんという人を失うかもしれない、という怖れのほうが強かった。もう二十八だ。美優にも話しはしなかったが、うまくいけば、川島さんとの結婚だってあるかもしれない、と私は心のどこかでかすかに思っていた。

部屋に帰ったあと、浴室にも携帯を持ち込み、眠るときは携帯を手にしてベッドに入った。私のほうから連絡すればいいのかな？　とも思ったけれど、何を伝えればいいのかわからなかった。お金を貸したことを大きなことだと思ってほしくもなかった。

〈仕事忙しい？〉でも、

〈あの映画観た？〉でも、なんでもいいような気がしたけれど、そのどれもが間違っているような気がした。あまり私から、ぐいぐいいくことだけは避けたい。もう重たい女にはなりたくないのだ。頭のなかがぐるぐると回る。眠気は一向に訪れない。もう午前一時を過ぎていた。睡眠時間は最低でも六時間はとりたい。じゃないと明日の仕事に差し支《つか》える。うつらうつらしたと思ったら、はっと目が醒めて携帯を見る。ＬＩＮＥを見ても新しいメッセージはない。ぐうううと、また落胆の穴に落ちて、それでも私は目を瞑《つむ》った。

浅い眠りのなかで私は随分とはっきりとした夢を見た。夢のなかに出てきたのは小さな女の子だった。女の子は母が縫ってくれた赤いギンガムチェックのワンピースを着ている。小さな頃の私だ……。夢を見ているのに、それをはっきりと自分だと認識していた。

母は私よりも喘息《ぜんそく》持ちで体の弱い姉を大事にしていた。お姉ちゃんは体が弱いから仕方がない、と甘えるのを躊躇《ちゅうちょ》するような子どもだった。でも、母に反抗することもなく、そういうものだと思いながら私は成長した。それでも、今になっても私と母との間にはかすかな溝があるような気がする。

小学校に入る少し前のことを夢に見ていた。小さな庭には母が植えたチューリップが揺れていた。少し熱っぽい日があった。頭が痛くて体がだるい。その日も姉の具合は悪く、居間に敷いた布団のなかに寝ている姉のそばに母が心配そうに付き添っていた。私も体が重くて仕方がないんだけどな。そう思いながら、母の背中に抱きつく。そのとき、母が言った。

「お姉ちゃんの具合が悪いのよ、一人で遊んでいなさい」

そう言われて仕方なく、私は自分の額に冷えピタを貼り、二階の子ども部屋にあるベッドに横になった。体ががくがくと震える。夕食の時間になって母が私を呼びに来て、やっと私の不調に気づいてくれた。

「なんでもっと早く言わないの！」

叱られたことはショックだったけれど、ちゃんと言葉にして母に伝えなかった自分が悪いのだ、と私はぼんやり加減を子どもなりに反省した。母は悪くない。悪いのは私。

お母さんは私よりお姉ちゃんが好き、お母さんは私よりお姉ちゃんが大事。その頃から私は気づいていたと思う。お姉ちゃんのほうがかわいいし、勉強も運動もできる。私は私のままじゃ、お母さんに好きになってもらえない。だから、お母さんに好きになってもらえるためにもっと頑張らなくちゃ。だから、お姉ちゃんよりも偏差値の高い高校に行き、大学に入った。お姉ちゃんは地元の大学に行っていたから、私は東京をめざした。仕事も恋愛も人一倍頑張らないと、私は人に受け入れてもらえない。だって、自分を産んだお母さんにも大事にしてもらえなかったのだもの。そんな思いがねじれて、私の心のなかで渦を巻いていた。でも、一生懸命相手のために何かをしても、相手からもらえる愛情はほんの少しだ。だから、川島さんも私のことなんか……。

アラームの音で目が醒めた。ベッドの上に体を起こす。頭の芯《しん》が重い。目の端に涙が浮かんでいることに驚いて、パジャマの袖《そで》でぐいっと拭《ふ》いた。その日から、私には深い睡眠が訪れなくなった。それでも私は会社に行き、私の体にはなんの異変もないですよ、という顔で仕事を続けた。夕方になり、夜が近づいてくると怖かった。今日もまた、うまく眠れないかもしれない……。

仕事のミスを連発したのは眠れなくなって半月が過ぎた頃のことだった。

「有馬《ありま》、明日のプレゼンの資料の数字間違ってるぞ。こんな簡単なミス、新入社員じゃないんだからさ」

ある日、上司にそう言われて、涙がボタボタ出ている自分に驚いてしまった。上司もまさかそんな言葉で私が泣くとは思わなかったのだろう。

「い、いや、明日までにちゃんと直してくれればいいから」

上司もぎょっとした顔で私の顔から視線を外した。もう午後六時を過ぎていた。残業して直せばなんとかなると思った。私は自分のデスクに戻って仕事を続けた。フロアからは一人減り、二人減り、午後八時を過ぎる頃には数えるほどしかいなくなった。ききき、という椅子の音がして、後ろに座っている同期の横山《よこやま》君が椅子に座ったまま私のデスクに近づいてきた。横山君は同じチームで営業の仕事をしている。

「大丈夫?」

何が? と思ったけど、

「大丈夫」言葉のほうが先に出ていた。

「有馬さん、一人で抱え込みすぎだって。確かに有馬さんは有能なチームリーダーだけど、もっとまわりのみんなに仕事振ったほうがいいんじゃない?」

「だって、私一人で進めたほうが早いでしょ」言いながら、キーボードを叩《たた》く。自分のことながら可愛げがないなあと心のなかで思っていた。

「……その調子じゃつぶれちゃうよ、ほら、ここの資料作りなら、俺でもできるから」そう言いながら私のデスクに重ねてあった資料を横山君が手にしようとする。

「自分一人でできるから」

「二人でやったほうが早いでしょ」

それから二人で明日のプレゼンのための資料作りをすすめた。確かに二人でやったほうが早かったが、壁の時計の針はもう午後十時過ぎを指していた。肩を回しながら、資料の最終チェックをしていると、横山君がコンビニのホットコーヒーを差し出してくれた。

「こんな時間だからコーヒーなんか飲んだら眠れなくなっちゃうか……俺、気が利かなくてごめん」今晩も眠れないのかなあ、と暗い気持ちになりながらそれでも私は言った。

「ううん。大丈夫。ありがとう」熱いカップに口をつける。

「大丈夫、って有馬さんの口癖だけど、人間、大丈夫じゃないときのほうが多くない？」

「えっ」私は驚いて、デスクの横で立ったままコーヒーを飲んでいる横山君を見上げた。

「社会人になったら、誰も自分のコンディションなんか気にしてくれないじゃん。……大丈夫じゃないときにも大丈夫って言わなくちゃいけなくて。本当はぜんぜん大丈夫じゃないのに」

私は横山君の言葉を聞きながら、またコーヒーを一口飲んだ。

「有馬さんは大丈夫が口癖になってるんだよ。有馬さん誰よりも仕事ができるから、大きな仕事振られちゃうのは仕方ないけど、会社で大変なときは言ってよ……俺で役に立つかどうかわかんないけどさ」

「うん……」

「ほら、それ飲んだらさっさと片付けて帰ろう。明日も忙しいし」

それから横山君と会社を出て、自宅が同じ方向だったので、同じ電車に乗った。二人並んでつり革につかまる。窓に自分の顔がうつる。ひどい顔だ。コンシーラーで隠したつもりになっていたけれど、車内の灯《あか》りの下では目の下の黒々としたくまが異様に目立つ。車内吊《づ》り広告を見る横山君の顔を見る。横山君の目の下にはくまなんかない。きっとこの人はこのまま部屋に帰ってもベッドでぐっすり眠れるのだろうな。仕事を手伝ってくれてコーヒーまで奢ってもらったのに、なんだか横山君のことが憎らしく思えてきた。私の降りる駅が近づいてきた。

「じゃあ、私ここで。今日はありがとう、助かった」

「うん、夜道気をつけてな」そう言って車外に出て行く私に横山君が手を挙げた。

やっぱりその日も川島さんからのＬＩＮＥはなくて、もうこのまま私たちの関係は終わってしまうのかと思ったら、やっぱり私は眠れないのだった。ベッドのなかでぽちぽちと美優にＬＩＮＥのメッセージを打ちかけて、やっぱり声が聞きたくて、深夜だけど電話をかけた。眠そうな美優の声に「こんな夜遅くにごめん……」とあやまったけれど、「何、どした？　何かあった？」と聞いてくれる美優の優しさに胸がきゅっとなった。

「眠れなくなっちゃった。ここ半月くらい……私、おかしくなっちゃった。どうしたらいいんだろ……」言いながら涙が止まらなくなった。

「純喫茶・純」の前で美優が手を振っている。私の住んでいる町にこんな古風な喫茶店があるなんて今まで気づきもしなかった。

昨夜《ゆうべ》ももちろんあんまり眠れていない。太陽の光がじり、と私を照らし、睡眠不足のせいでこめかみが鈍く痛んだ。

「とにかく、少し外に出て、気分転換でもしない？」

土日はずっとベッドでごろごろしていると言った私に美優が提案してきた店だった。なんで美優はこんな喫茶店を知っているのか。

「この店、純喫茶マニアの間では有名な店なんだよ」と言いながら、美優が自分の携帯を見せる。美優が画面をスライドさせると、この店の写真がいくつも出てきた。#純喫茶・純というハッシュタグまである。そのせいなのか店内は若い男女でごった返していた。カウンターに空席を見つけ、私と美優は並んで座る。

「美優って純喫茶マニアなの？」

「いや、中瀬君が最近はまってて、私もつきあわされてんの……」

ちょっとげんなりした声で美優が言った。二人でクリームソーダを頼んだ。体に悪そうなグリーンのソーダ水の上にドーム形のアイスが浮かんでいる。クリームソーダなんて飲むの何年ぶりだろう？　と思いながら、私は長いスプーンでバニラアイスをすくった。

「昨日はちゃんと眠れたの？」

ううん、と私は首を振った。眠りそうになるとはっと起きてしまう。羊を数えても無駄だった。寝ているのか寝ていないのかわからない時間が睡眠時間になりつつあった。

「川島さんから連絡あった？」

また首を振る。

「川島さんはさておき、まず、その眠れない状況はなんとかしたほうがいいと思うなあ……ほら、心療内科で薬だけもらうとか？」

「心の病気なんかじゃないよ！　ただ眠れないだけだし……」

「でも、それがずっと続いてるんでしょう。人間、眠らないと倒れちゃうよ……」

「仕事はちゃんとできてるもん……」

「だけど、麻美、なんだか少し瘦《や》せた気がするよ……」

「そんなことないよ」と言いながら、見破られた、と思った。体重はもう三キロも減っていた。スカートやパンツのウエストは全部がゆるゆるになっていた。

「心療内科って言ったって怖いところじゃないんだよ。中瀬君も会社入った途端、軽くうつになって通ってたことあるし」

「中瀬君が……」

「あの人、ああ見えて、意外と繊細なんだよ……」

私の知ってる中瀬君はいつもくだらない冗談を言って大声で笑っている人だった。あの中瀬君が……。そのとき、目の前で洗いものをしていた小柄な学生風の女の子が私たちの顔を見て言った。ひそやかな声だった。

「すみません……お話を聞くつもりはまったくなかったんですけれど、耳に入ってきてしまって」そう言いながら、小さな紙片を私と美優との間に置いた。椎木メンタルクリニックと書かれている。

「心療内科なら、ここの病院がすごくいいです。私も通ってたんです」

「ミオちゃーん」という馴染《なじ》みらしき客の声がした。「はーい」と声を返しながらミオちゃんと呼ばれたその女の子がカウンターの中から出て来る。

「ほんとにおせっかいで失礼でごめんなさい」

深く頭を下げて、ミオちゃんは私たちの席から離れ、オーダーを取りに行った。

その小さな背中を見ながら、あんなに元気そうに見える女の子も心療内科に行くのか、と思った。それと同時に心療内科に行くということのハードルがぐっと下がった気もした。ミオちゃんに背中を押されたのだ。美優が口を開く。

「あの子も行ってたんだ。だけど、今はぜんぜんそんな風に見えないね」

「うん。元気いっぱいの女の子にしか見えないよ」

「やっぱり行ったほうがいいって、私もついていこうか？」

「ううん。大丈夫」

とにかく眠りたかった。深く深く。もう体も心も限界だった。そうして、「純喫茶・純」を出たあとで、私は椎木メンタルクリニックに予約の電話を入れたのだった。

メンタルクリニックに行ったのは月曜日の仕事終わりだった。まるでクリニックには見えない一軒家のドアを開けると、私の母より少し若いくらいの女性が、

「お仕事帰りなのね。今日もおつかれさまでした」

と声をかけてくれた。そう言われてもう泣きそうになっていた。待合室になっている和室には仕事帰りらしいサラリーマン風の人が一人いるだけだった。椎木さおり、と書かれた名刺をくれたその女性はカウンセリングを担当しているらしい。言われるまま問診票を書くと、違う部屋でいくつか質問をされた。半月前から眠れないこと。とにかく深く眠りたいこと。話しているうちに涙がこぼれる。

「眠れないのは何よりつらいよね。……今日はまず、その症状を改善するために旬先生に診てもらおうかな」

そう言って別室に案内された。長い廊下の奥にある診察室に入る。大きな木のデスクの向こうに髭《ひげ》を生やした男の先生が座っていた。旬先生と呼ばれるその先生から、またいろいろな質問を受けた。いつ頃から眠れないのか、昼間に倦怠《けんたい》感を覚えることはないか、食欲の低下がないか、意欲や集中力が低下していないか、気分が沈んだりすることはないか、頭痛やめまいといった症状はないか……。私の場合はとにかく眠れないことがつらかった。体には食欲がない以外に目立った症状はないが、気持ちが落ち込んでいるのは、眠れないせいではなくて、川島さんのせい。けれど、それは旬先生の前では言葉にできなかった。

長い問診のあとに旬先生が言った。

「有馬さんには、ほんの少し眠りやすくなるお薬を出しておこうか……」

「でも、睡眠薬ってやめられなくなるんじゃないですか?」率直な気持ちだった。

「不眠が寛解……つまり症状が軽くなって日常生活に支障がなくなってきたら、減薬、休薬を少しずつ考えていこうか。今はまず有馬さんがぐっすり眠って体の疲れをとることがいちばんだよ。だけど、これは対症療法だから、どうして眠れなくなったのかは、さおり先生のカウンセリングを受けたほうがいいかな。それから、あとは日常のこと……」

そう言いながら、旬先生は引き出しの中からポストカードのようなものを一枚取り出した。

「眠る前にカフェインやアルコールをとるのはやめること。……お風呂《ふろ》には必ずつかること。食事の時間は規則的に……えーっと、それから……」

旬先生はいくつかの注意事項をポストカードの裏面に万年筆で書くと、私に渡してくれた。私はそのポストカードの表を見た。左下にマリー・ローランサン『アリスの眠り』と作品名が書かれていた。くわしいストーリーは覚えていないが、『不思議の国のアリス』の物語は最後、お姉さんの膝《ひざ》の上でアリスが目覚めるところで終わるのではなかったかな。ローランサンの絵のアリスはたった今、豊かな眠りから覚めたばかりのようなぼんやりとした目をしていた。

「こんなにぐっすり眠れたらどんなにいいだろうと思います……」思わず口にしていた。

「確かに睡眠薬は睡眠を誘う薬だけれど、薬があるから必ず眠れる、って思わないように治療をしていこう。まずはそこに書いた生活習慣は必ず守ること。十分に眠れるようになったら、カウンセリングで心のつまりをとっていこうね」

心のつまり、という言葉がすとん、と自分のなかに落ちていくような気がした。

その夜、私は少しどきどきしながら、小さな錠剤を口にした。しばらくすると、とろりとあたたかい沼のような眠気がわき上がってきた。翌朝、携帯のアラームが鳴るまで、私は一度も起きずに眠り続けた。頭のなかにあった靄《もや》のようなものがほんの少し消えている。眠りは充電、なのだと思った。体にも心にも今日一日を過ごすためのエネルギーが蓄えられている。私は少しほっとした。先生が言うように、薬に過大な期待をしちゃいけないのかもしれないけれど、とにかくこの薬があれば眠ることができる。そのことが有り難かった。

けれど、そうなったらなったで、気になるのは川島さんのことなのだった。このままお別れすることになるのなら、最後に一度会って話がしたい。私は薬を飲む前にベッドで長いメッセージをＬＩＮＥで送った。今の自分の気持ちを綴《つづ》り、今の川島さんの気持ち、それがいちばん知りたいと伝えた。

〈どこかの週末に会えませんか？〉と書いたら、

〈今、少し、仕事が忙しくて……〉と返事が来た。

〈私、川島さんの会社まで行ってもいいですよ〉と書いたメッセージは既読にもならなかった。自分が少し怖い、気持ちの悪い人になっていることはわかっているのだけれど、メッセージを送ることはやめられなかった。古い排水溝みたいに、心のどこかがひどく詰まって、私の感情はどこにも流れていかない。それでも薬を飲めば、眠りはやってきて、私は深い眠りのなかで何度も川島さんの夢を見た。


旬先生の診察を受けた一週間後、私は椎木メンタルクリニックの小さな部屋でさおり先生のカウンセリングを受けることになった。私が会社帰りにクリニックのドアを開けると、さおり先生が、「お仕事今日もおつかれさま」と声をかけてくれた。この前と同じように。

「有馬さんはまじめで几帳面《きちょうめん》な性格だろうから、頑張りすぎて、今、心に何か大きなストレスがかかっているのかもしれないね。仕事のことでも、プライベートのことでもどんな小さなことでもいいのよ。なんでも話してみて」

目の前に出されたあたたかなお茶を一口飲んだ。なんのハーブだろう。かすかに甘くてやさしい味がした。私はしばらくの間黙っていたけれど、気持ちを決めて、口を開いた。

「恋愛……かもしれません」

「そうか、恋愛」

「つきあっている人がいて、あ、いえ、もしかしたら、それは私だけがそう思っているのかもしれなくて……相手に迷惑だと思うのに、LINEでたくさんメッセージを送ってしまって。……多分、私のことをうざいと思っているのはわかるんです。だから、返事も来なくて……それがつらくて……」言いながら鼻の奥がつん、とした。

「そっか……」言いながらさおり先生がティッシュの箱を差し出してくれる。私は頭を下げて、ティッシュを一枚手にした。

「今の恋愛は大変だよね。私たちの若いときと違っていろんなものがあるから……でも、そういうツールがたくさんあるのはいいことよね。だけど、それを使いこなすのが難しいこともあるよね」

「はい……」私はティッシュで目の端の涙を拭《ぬぐ》った。

「有馬さんはLINEの返事が来ないとどんな気持ちになる？」

「自分は愛される資格のない人間なんだって。その人にとっていてもいなくてもいい人間なんだって。……自分なんてこの世にいなくてもいいんじゃないかって」

「そっか……でも、ただ単に相手の人が忙しいだけかもしれないよ？」

「でも、以前はちゃんとすぐに返事をくれたんです」

「だけど、連絡がないときがあったとしても、愛される資格がない、生きる資格がない、とすぐに考えてしまうのは間違いかな。何か有馬さんにとってつらく感じることが起きたときに、一直線にそう考えて決めつけてしまうのはやっぱり少し違うのかもしれない。LINEの返事が来ないときでも、有馬さんの生活や人生すべてが駄目になってしまうわけではないでしょう？　その認知を私と話をしながら少し正していこうか」

「でも先生、私はそもそも愛される資格がない人間だし、相手に一生懸命何かをしてあげないと、男の人との縁も切れてしまいます。……多分、私、一生孤独です。……将来は孤独死です」

「だけど、有馬さん。そういう恋愛を続けていて、心が窮屈になったりしない？」

心が窮屈と言われて核心を突かれた気がした。好きな人ができて、恋をして、安心感を抱いたことなどほとんどない。恋人ができた、という歓《よろこ》びはいつもつかの間で、次の瞬間には、この人が私のもとを去ったら……ということを考えてしまう。だから、相手の大事な領域を侵してまで、自分の存在をアピールし続けていないと気がすまない。

「人間て、相手に大事にされてばかりだと慢心しちゃうこともあるんだよ」

「大事にされてばかりだと？」

「そう、有馬さんならどんなわがままでも聞いてくれる、なんでもしてくれる、どんな感情をぶつけたって怒らない、って相手が勘違いしてしまう」

「…………」

「有馬さんが一生懸命に何かをしてあげなくたって、素のままの有馬さんを愛してくれる人はいるんだよ」

「……そんな人、この世にいるんでしょうか」

「いるよ」

そうさおり先生は断言したが、私は信じられなかった。壁の時計を見る。カウンセリング一回分、四十分近い時間が経とうとしている。あっという間だった。

「そろそろ時間かな。もう少し、有馬さんと話してみたいな。一週間後、来られるかな？」

「はい」そう言いながら私は今日、どうしても川島さんと会って話をしなくちゃ、と思っていた。さおり先生と話していて、川島さんのはっきりとした気持ちを聞かなくちゃ私は前に進めない。そう思ってしまったのだ。


時間はもう午後八時を過ぎていた。川島さんのマンションの前で、と思ったが、つきあっているというのに私は川島さんのマンションに行ったことがなかった。会うのはいつも外のお店か私の部屋で、「川島さんのマンションに行きたいな」という当たり前で気軽な一言も言い出せずにいた。川島さんが出てくるはずの駅の改札で待つことにした。二時間近く立ったままだった。湿気の多い生温かい風が、私の髪を揺らす。ＬＩＮＥで連絡をしようとも思ったが、また無視されるのもつらい。時間はもう午後十一時に近かった。電車が来るたび改札口からたくさんの人が吐き出されてくる。こんなのストーカーじみている。あとひとつ電車が来たらあきらめて帰ろう。そう思ったときだった、川島さんが鞄《かばん》とジャケットを手に疲れた顔でこちらに向かってくる。顔を上げた川島さんと目があう。一瞬どこかおびえた顔をしていて、胸のあたりがちくり、とした。

「どうしたの？　こんなところで」

「うん、川島さんの顔が見たくて……」

川島さんが近くにあった喫茶店に目をやる。私を部屋にあげることを躊躇しているんだ、と思ったら、また、ちくり、と心が痛んだ。でも、店もすでに閉まっている。お互い、居酒屋に行くという気分でもない。

「じゃあ、うちでコーヒーでも飲む？」

「……うん」

そう返事をしたものの、初めて川島さんの部屋に行く喜びからはほど遠かった。話もしないまま川島さんの部屋に向かった。ワンルームマンションか、1LDKくらいかな、と予想していたのに、着いたのは家族で住んでいる人が多そうな規模の大きなマンションだった。緊張しながら部屋に上がる。男性の一人暮らしにしては随分と広い2DKだった。埃《ほこり》っぽさも、汚さもなく、整然としている。出されたスリッパと、リビングの窓を飾っているカーテンは同じ小花柄で、どこか、女の人の影を感じる。まさか既婚者⁉ と思いながら、私はすすめられるまま、やっぱり趣味のいいレザーのソファに座って体をかたくしていた。このソファも二人用だ。壁に目をやるとローランサンのリトグラフの女性と目があった。男性がこんな絵を飾るだろうか……。なぜだか、奥さん、という言葉が浮かんだ。

川島さんがコーヒーを出してくれた。やっぱり小花柄のセンスのいいカップ。川島さんはソファには座らず、ダイニングテーブルの椅子に座る。熱いコーヒーを口にした。この時間にカフェインをとったら眠りにくくなる、と思ったけれど、今日、これから何があっても私は眠ることができる。薬さえ飲めば、と妙に気が大きくなっていた。単刀直入に私は尋ねた。

「川島さんて結婚してたんですね？」

川島さんの眉間《みけん》に皺《しわ》が寄る。上の部屋だろうか、椅子を引き摺《ず》るような音が聞こえた。

「……今まで話せなくてごめん……。一年前に離婚して。……彼女のほうが出て行ったから、この部屋も彼女と住んでたときのままで。……だから、なかなかここに麻美ちゃんを呼べなくて……」

「でもLINEの返信をするくらいの時間は」

「麻美ちゃんのことは好きだけれど、今の僕は仕事で手いっぱいで」

あ。ふられる、と思った。

「麻美ちゃんのことは好き、好きだとは思う。だけど、今の僕には麻美ちゃんの思いに応えることができなくて……」

「じゃあ、なんでマッチングアプリなんかやって、私と会ってくれたりしたんですか？川島さんにとっては最初から恋愛じゃなかったってことですか？」

「……寂しかったんだ」

正直に言えば川島さんを殴ってやりたかった。だって、私にとっては、誰でもよかった、と言われたのと同じだ。そうは言っても自分だって同じ気持ちだった。寂しいから誰かと繋《つな》がりたい。私だってそうだった。でも、恋人同然のように体も心も交わしたのなら、ちゃんと私に向きあってほしい。だって、私と川島さんはつきあっているんだから。そう思いながら、川島さんに「つきあってください」なんて言葉はかけてもらっていないことに気づく。気が合って、ご飯を食べに行くようになって、川島さんが私の部屋に来るようになって、それで、つきあいが始まったんだ、と思っていた。

　でも、何も始まっていなかったんだ、私たち……。

「正直なことを言えば、麻美ちゃんとのつきあいは、僕には少し重いです」

　その言葉を最後まで聞かずに私は部屋を飛び出した。いつの間にか降り出した雨が顔を叩く。大通りに出てやってきたタクシーに乗って部屋に帰った。スーツを剝《は》ぐように脱ぎ、キッチンで薬を飲んで、シャワーも浴びず、食事もとらず、キャミソール一枚のままベッドに潜り込む。早く今日が終わってほしかった。深く、深く、眠りたかった。

　朝、起きてＬＩＮＥを見たけれど、もちろんそこには川島さんのメッセージはなかった。忘れてしまえ、忘れてしまえ。それからは川島さんのことはなるべく考えず、仕事だけに集中した。自分はやっぱりこのまま一人で生きて、一人で死んでいくんだ。そう言い聞かせて、毎日を過ごした。

　二週間に一度、さおり先生の前でだけ、むき身の自分を晒《さら》して、ひとしきり泣いた。美優には、〈だめだったわ、また〉とだけメッセージを送った。〈次の男を探そうぜ！〉という威勢のいい返信があったけれど、そんな気持ちの余裕もなかった。仕事だけに集中している日々のなか、外回りの最中に姉から珍しく電話がかかってきた。

「お母さん、今日の午前中、庭で転倒して頭打ってしまって……」

「えっ」

私は上司に事情を話し、スーツのまま、新幹線こだまに飛び乗って静岡の実家を目指した。

「お姉ちゃん、大げさなんだからもう……麻美にまで連絡することないのよ」

実家に着くと、頭に包帯を巻いた母が出てきた。母から病院のにおいがする。母の顔が少し青ざめている。

「大丈夫なの?」

「軽い脳震盪《のうしんとう》で済んだのよ。精密検査もしたけど異常なし。ちょっと切ったところが大きくてね、何針か縫ったんだけど」

「じゃあ、休んでないと」

「大丈夫、大丈夫」ぜんぜん大丈夫なんかじゃないじゃん、と思いながら、居間に敷きっぱなしになっていた布団に母を寝かせた。

床には、姉の子どものものだろうか、フェルトでできたキリンが転がっていた。姉は隣の市に住んでいるから、時々、子どもを連れて遊びに来るのだろう。けれど、今は二人目の出産を控えているから、この家に来ることも容易ではないはず。相当慌てて、私に連絡したのだろう。父は三年前に亡くなっているから、この大きな家で母は一人で過ごしているが、私はお正月にしか帰ってこない親不孝な子どもになってしまった。

ジャケットを脱ぎ、キッチンを片づけ、溜《た》まっていた洗濯物を洗った。

「もう、そんなこといいのよ。お母さん一人でできるんだから」

布団の中から母が私に声をかける。

「まあ、たまにはするよ。これくらい」

そう言って笑顔を作ったが、うまく笑えなかった。夕食は御雑炊と常備菜にもなりそうなおかずをいくつか作り、母に食べさせた。

「なんにも教えなかったのに、麻美はうまく作るわねえ」

胸がきゅっとつままれた。やさしい言葉が母の老いを示しているようでせつなかった。

今日は実家に泊まることにした。明日もあさっても、母の面倒を看《み》ていたかったが、溜まっている仕事もある。会社には明日の午後から出勤すると連絡を入れ、居間のローテーブルにノートパソコンを置いて仕事をした。目の前の書棚にふと目をやると、『不思議の国のアリス』の原書があった。母がゆっくりと立ち上がる気配がしたので、その体を支えた。母がソファに座る。キッチンで熱い番茶を淹《い》れ、母の前に湯呑みを置いた。

「お母さん、こんな本、あったっけ?」

私はアリスの本を棚から取り出して母に見せた。パラパラとめくると赤いボールペンでたくさんの場所に書き込みがある。母が照れたような声で言う。

「お母さん、結婚前は絵本作家になりたくてね……そんな大それた夢、若い頃にはあったのよ」そんな話は初めて聞いた。けれど、確かに私が子どもの頃には家中に絵本があった。それを読んでくれる母のゆっくりとした声が耳をかすめたような気がした。

「だけど、子ども産んだらそんな余裕もなくて……それにお姉ちゃんが体が弱かったでしょう。……ううん。それは言い訳ね。仕事と子育ての両立なんて、元々できる器じゃなかったのよね。子育てだって満足にできなかった。近くに頼れる人もいなくてね……」

ページをめくって本の挿画を見た。瓶の薬を飲み、体が大きくなって部屋から出られなくなったアリス。まるで今の自分のようだ。体は大人なのに、心はどこか子どものまま。この話はアリスが夢を見ていた物語。今までの恋愛も、川島さんとのことも、全部夢だったらどんなにいいだろう。

「麻美、なんだか少し痩せた？　仕事忙しすぎるんじゃないの？　大丈夫？」

大丈夫じゃない、と言って母に甘えたかった。でも、そう言うには、私は大きくなりすぎてしまった。母が私の背中を擦る。あたたかな手だった。

「麻美の子どもの頃はお姉ちゃんにかかりっきりで、あなたのことちゃんと面倒見てあげられなかったね。……麻美はなんでも一人でできる子だったから……」

一人じゃなんにもできないよ。お母さん、子どもの頃も今も。そう言う代わりに涙が溢《あふ》れた。恥ずかしくて、母の膝に顔を埋《うず》めた。母が私の髪を撫《な》でる。旬先生にもらったローランサンのポストカードを思い出した。あの場面、アリスのお話の最後。目覚めたアリスの頭をお姉さんが優しく膝に抱いていた。

「子どもの頃、ちゃんと抱きしめてあげられなかったね」

そう言う母の膝で泣きじゃくった。そんな私の頭を母は幾度も撫でる。その手のリズムを私は一生忘れないような気がした。

「お母さん、もう布団で寝ないと……」

泣き疲れて顔を上げると、網戸の向こう、母が育てている植物たちが風に揺れているのが見えた。

さおり先生とのカウンセリングはまだ続いていた。これまでは月曜日に通っていたが、仕事で遅くなることも多く、土曜日の午前中に通うようになった。そのおかげなのかもしれないが、週末の二日間、まるまるベッドの中で過ごすということも少なくなっていった。

さおり先生と話していると、心の凝りがとれていくような気がするのが不思議だった。

ある日、カウンセリングルームの書棚にある小さな十字架と写真立てが目に入った。さおり先生が私と同じ方向に目をやって口を開く。

「子どもを亡くしたことがあったのよ。生まれてすぐにね……」

「そうだったんですか……」

「病気で亡くなったんだけど、私のせいだと自分を責めてね。心の病気を患ったの、長い間ね……」

今のさおり先生を見ているとそんな体験をした人だとはとても思えない。

「私の心を治すためにね、旬先生は会社をやめて医学部に入り直して、今の仕事についたの。……人生っていろんなことが起こるね。思いもよらないことが。でも、人ってちゃんと回復していくんだよ」

「……でも、先生、私、先生みたいに強くありません。失恋しただけでこんなにつらいのに、そんな出来事にあったら私、生きていく自信がありません……」

さおり先生が私の手に掌《てのひら》を重ねた。母と同じあたたかな手だった。

「強い人なんていないよ、麻美さん。みんな、いろんなことでぺしゃんこになって、心も折れて、そういうときは、こういうところで少し心を休めて、また歩き出していく。休み、休みでいいじゃない。人は一人じゃ生きられない。でも、身近なところで誰かに頼れなくても、私たちみたいな人もいる。そういうときは誰かを頼っていいんだよ。それに」

さおり先生の目を見つめる。どこか母にも似ているような気がした。

「麻美さんは生きてるだけで、愛されるに値する人間なんだよ。恋愛がうまくいかなくたって、それはその人との相性が悪かっただけ。それだけは忘れないでほしいの」

さおり先生がそっと小指を差し出す。指切りげんまんを最後にしたのはいつだったかな、と思いながら、私もその指に自分の小指をからめた。

クリニックの帰りには、「純喫茶・純」でコーヒーを飲むのが習慣になった。やっぱりこの店は人気でいつもカウンターにしか座れない。トートバッグからノートパソコンを出して仕事をすることにした。仕事をしながら、パソコンの横の携帯にふと目をやる。川島さんにＬＩＮＥを送らなくなってからすでに二カ月が経とうとしていた。携帯を手にして、そっとアドレス帳から川島さんの連絡先を削除する。その勢いでマッチングアプリも削除してしまった。これがなければ恋もできない、と思い続けていたのに、心のどこかがほっとしてもいた。隣の椅子に誰か座る気配がする。パソコンを少し左に寄せて、なんの気なしに座った人の顔を見た。

「あ」二人同時に声をあげた。横山君だった。

「あれ、この近くじゃないよね。家」と私が言うと、

「違うよ。病院の帰り」と言いながら椅子に座る。

「ふーん、そうなんだ」と言ったものの、その病院はもしかして椎木メンタルクリニックかも、となんとなく思った。

「土曜日は病院に行ってここでパフェを食べるのが自分へのご褒美」

そう言いながら、横山君がカウンターの中にいる澪ちゃんにパフェを注文する。

「有馬さん、休みの日も仕事してるわけ？」

「だって終わらないんだもん」

「よくないなあ……休みの日まで」

パタン、と勝手に横山君がパソコンを閉じる。私はあきらめて、ぬるくなったコーヒーをすすった。しばらく経って横山君の前にチョコレートパフェが運ばれてきた。チョコレートアイスと生クリームの上に、オレンジや苺《いちご》や小さなマシュマロやミントの葉が載ったパフェは、まるで季節外れのクリスマスツリーみたいだった。

「このパフェ食べてみなよ。おいしいから。マシュマロと食べるとおいしいよ」

横山君が私の前にパフェの載った皿を運ぶ。言われるままコーヒースプーンで一口すくって食べた。

「おいしい!」心からの言葉だった。

「だろ?」

なぜか横山君がうれしそうにしているのがおかしかった。何かを食べておいしい、などと思うのは久しぶりのことだった。店長の女性が来て言った。

「澪ちゃんの自信作なんですよ、ぜひ」

私もパフェを注文した。ほどなくして目の前にパフェがやってくる。長いスプーンを使ってチョコレートアイスを口に運ぶ。ほどよい甘さが頭と心の疲れをほぐしていくようだった。

「ほんとうにおいしいよ。すごいね澪ちゃん!」

そう言うと目の前にいる澪ちゃんが照れて耳まで真っ赤にしている。今はこのパフェの甘さに甘えていたい。恋人もいないし、仕事が終わらない週末だけれど、このパフェが私を甘やかしてくれる。口の端についたチョコレートソースを拭いながらそう思った。

不眠の症状は随分と良くなって、旬先生が「このまま様子をみながら薬を減らしていくことを考えようね」と言ってくれた。さおり先生も、「カウンセリングはあと一、二回でいいかな」と言う。カウンセリングの時間だけが私の本音が言える場所なのでさおり先生と離れることも寂しかった。けれど、それだとまた私は、さおり先生に依存してしまうことになる。

「でも、補助輪外されたみたいでなんだか心配です」

「本当に心配な状態になったら、いつでもこのクリニックにいらっしゃい。どうしてももうだめだと思ったときは、避難所みたいな人や場所をいくつか作っておくといいよ。一人の恋人だけにわーっと頼ってしまうと、その人も負担が大きいし、案外、大事なときに頼れないってことも多くない？」

確かにそうだ。私がしてきた恋の相手は誰もがそうだった。そんな恋はもうしたくない。相手に依存するのもまっぴらだった。

「先生、私、また恋ができますか？」

さおり先生の目が私をまっすぐに見つめている。

「何度も言うけれど、これだけは忘れないでね。有馬さんはそのままで愛されるに値する人間なんだよ。今のままの有馬さんで何も変わる必要はない。万一、有馬さんの好意を受けいれてもらえなくても、有馬さんという人間に何か大きな欠点があるわけではないの」

そのままで愛される人間になれるのかどうか、私にはまだ自信がなかったが、それでも私は頷《うなず》いた。そのとき、ふと、横山君の顔が浮かんだ。帰りにまた「純喫茶・純」に寄ってチョコレートパフェを食べよう。そう思ったら、なんだか楽しみがひとつできたようでうれしかった。さおり先生が言った。

「有馬さん、なんだかうれしそうな顔しているね」

「ここで先生と話したあと、駅前にある喫茶店でチョコレートパフェ、食べるのが楽しみなんです」

「『純喫茶・純』でしょう。私もあの店のパフェが大好きなの。しばらく行っていないから、私も今日は旬先生と行ってみようかな」

そう言うさおり先生の声を聞きながら、私は書棚の十字架に目をやり、心のなかで頭を下げた。人の心は回復する。どんなに時間がかかっても。そのことを旬先生とさおり先生に教えてもらった気がした。


「この先の公園の紫陽花が綺麗《きれい》なんだよ。それ食べたら行ってみない?」

「純喫茶・純」で横山君がそう言ったのは、もう今にも梅雨が明けそうな土曜日の午後のことだった。カウンターには横山君のカメラが置かれている。流行のデジカメではなく、年代物のフィルムカメラだった。昔、父が持っていたような古いカメラだ。二人でパフェを並んで食べ、公園を目指して歩いた。途中、さっと地表を撫でるような雨が降ってきて、二人それぞれ透明なビニール傘をさして歩いた。歩きながら、紫陽花が綺麗なんて、今まで考えたこともなかったな、と思う。そう思う暇もないくらい、仕事と恋に夢中になりすぎていたんだな。その自分の生活を少し反省したりもした。

公園につくと、紫陽花がぼんぼりのような花を揺らしていた。横山君は紫陽花を撮ることに夢中だ。その背中に声をかけた。

「カメラが趣味だなんて、ちっとも知らなかったよ」

「俺、趣味ってものがなくてさ、酒も飲まないし、社会人になってから週末も何したらいいかわかんなくて、ベッドに横になってYouTubeばっかり見てて……そしたらうつっぽくなってきてさ。……あの喫茶店の近くに病院があるんだよ。心療内科。椎木メンタルクリニックっていうんだけど。その院長先生にすすめられてさ。すっごいカメラマニアなんだよその人」

「私も行っているの、あの病院」

「えっ」

カメラを持ったまま横山君がふり返った。

「眠れなくなっちゃってさ、横山君がいつか言ってくれたみたいに、私ちっとも大丈夫な人なんかじゃないんだ」

「そっか……だけど、なんとなく安心した。こんなこと言って悪いけれど、有馬さんもちゃんと人間なんだって」

ひどいなあ、と言いながら、横山君と笑いあった。

「だけど、大丈夫なの?」私は尋ねる。

「大丈夫じゃなかったけれど、少しずつ大丈夫になってきたよ」

「そっか」

「有馬さんは？」

「私も少しずつ大丈夫になってきたところ」

「良かった。会社の仕事は俺に振ってよね。一人で抱え込まないで」

「うん……」

目の前にある紫陽花は色とりどりでどの花の色も微妙に違う。避難所みたいな人や場所をいくつかを作っておくといいよ。いつか、さおり先生に言われた言葉が耳をかすめる。いろんな場所に避難所を作ろう。そう思った。ぽつぽつという傘にあたる雨の音が強くなってきた。紫陽花のさまざまな色と共に、雨の音が私の心に染み込んでいく。紫陽花をあらゆる角度から撮る横山君のボーダーシャツの背中を、私はただ、いつまでも見つめ立ち尽くしていた。

エデンの園のエヴァ

みーみーと眠っているのに鳴き声が聞こえた。

早く起きてモリスにごはんをあげなくちゃ、と無理に体を起こしたところで目が醒《さ》めた。薄暗闇のなか、鳴き声の主のほうに目をやる。自分のベッドの隣、ベビーベッドに寝ている玲奈《れな》を見て、ぎょっとする。

モリスが鳴いていたんじゃない。モリスは私が二十代のときから飼っていた猫で、結婚直前に膵臓《すいぞう》を悪くして亡くなったのだ。泣いているのは私の娘、玲奈。そう自分に言い聞かせる。うえぇ、うえぇ、というかすかな泣き声が、瞬く間に部屋中を震わすような大きな声に変わっていく。

隣のベッドに寝ている夫の裕樹《ひろき》にちら、と目をやる。妊娠中から、できるだけ育児をする、と断言していた。真夜中のミルクは僕がやるから。そう言っていたのに、ここ半月ばかり、真夜中に玲奈が泣いても裕樹は目を醒まさない。無理に起こして、この前のように一悶着《もんちゃく》起こす体力もなかった。あのとき、眠たい目をこすりながら、裕樹が言い放った言葉は忘れられない。

「昼間も働いているのに、夜も働かせるの！」

裕樹のあの言葉が今も棘《とげ》のように心に刺さっている。育児＝働くと思っているなんて思いもしなかった。なんか、がっかりだった。正直なところ、軽く失望してもいた。こうやって夫婦の間の溝ができていくんだろうな、と思いながら、だったら、自分でやってしまおうと起き上がる。玲奈をおくるみで包んで、抱き上げて、リビングに向かう。ラグの上に敷いた赤ちゃん用布団の上に玲奈を寝かせ、まず先におむつを替える。

玲奈が生まれて早、三カ月。もう何回おむつを替えたのだろう。三カ月は九十日。一日に六、七回替えるとして……。まだ起ききっていない頭で計算をしようとするがうまくいかない。産後に小学生ですらできる計算ができなくなるなんて、誰も教えてはくれなかったな……。そんなことを考えながら手早くおむつを替える。玲奈はまだ泣いている。早くミルクをあげなくちゃ。

夜明け間近の時間に赤んぼうを泣かせ続けていることに、また、ふと、小さな罪悪感が生まれる。ここは築三十年を過ぎた古いマンションだ。防音性だって高くない。小さな子どもがいるような家庭は少なく、住民の年齢層は高めだ。もちろん、出産前には一応、隣近所に挨拶《あいさつ》はしたけれど、まわりの住民が玲奈の泣き声についてどう思っているかなんてわからない。こんな時間、玲奈の泣き声で目を醒ます人がいるかもしれない。うるさい、と思われているんじゃないかな。

そんなことを思いながら、手早くミルクを作る。ミルク作りだってもう手慣れたものだ。頭で考えなくても手が覚えている。布団の上で泣き続けている玲奈を抱き上げて、哺乳瓶《ほにゅうびん》を口に近づける。においでわかるのか、泣きながら大きな口を開ける。喉《のど》を鳴らしてミルクを飲む。その必死さに、私以外に頼れるものがいない命を預かっている、という責任が重くのしかかる。

玲奈はどうしても自分が欲しくて、二年の不妊治療を経て産んだ子どもだ。結局、私は三十八で玲奈の母になった。高齢妊娠、高齢出産で授かった命……なのだけれど、本当のことを言えば、自然に玲奈に対してかわいい気持ちが溢《あふ》れ出す、ということがない。頭で考えてやっと、私は玲奈をかわいい、と思うことができる。

子どもさえ生まれれば、子どもを愛《いと》おしいという気持ちは自然に溢れ出てくるものだと思っていた。なのに、私はそうではない。誰かに話せば（とはいえ、そんな深い話ができる友人も私にはいない）、不妊治療までして望んだ子どもなのに、かわいいと思えないなんて、と非難を浴びるに違いない。もちろん、裕樹にだって、この気持ちは話したことがない。なんと言われるのかが怖くて話せない。

げっぷをさせるために、ミルクを飲み終わった玲奈の背中をやさしく擦《さす》る。擦りながら、私はぼんやりと壁の絵を見る。月めくりの名画のカレンダー。絵の下に小さな文字で作者とタイトルが書いてある。アンリ・ルソーの『エデンの園のエヴァ』という絵らしい。私はカレンダーで初めてその絵を知った。苔《こけ》の色のような緑のグラデーション。巨大な満月の下、その森の真ん中で横を向いた裸のエヴァが花を折っている。

この絵のエヴァは林檎《りんご》を食べて楽園を追放される前のエヴァだろうか、とぼんやり思う。楽園にそのままいたほうがいいよ、子どもなんか産まないほうがいいよ……。私のなかで声が響く。その声を否定するように玲奈が大きなげっぷをした。満足そうな顔をした玲奈を抱きしめながら、自分はいったい何を考えているのだろうと思う。

このところ、幾度も思い出してしまうのは、結婚前、飼い猫のモリスと暮らしていた自由気ままな一人暮らしの日々なのだ。裕樹とも出会うずっと前、設計事務所で時間を気にせず仕事に集中し、休日には食べたいものを食べ、眠りたいときに眠っていた、モリスと過ごしたあの生活……。自分にとって、あれは楽園に近い日々だったのか。

顔を上げて、カレンダーの数字に目をやる。今日は土曜日の十八日。泰子《やすこ》さんが来る日、とわかるように裕樹が花丸をつけた。それを見て心がきゅっと緊張でかたくなる。裕樹の母である泰子さんが来る前に、体力温存のために少し眠っておかないといけないな。体を少しでも横にしておかないとパワフルな泰子さんの来訪に耐えられそうもない。玲奈を抱き上げ、リビングから寝室に向かう瞬間に、今一度、私はカレンダーのエヴァを見る。横を向いている彼女は何を考え、何をしようとしているのか。このときの彼女はもう、林檎を口にすることを決めていたのだろうか。

そのままそこにいなさい。そこがあなたの楽園なのだから。また、勝手にしゃべり出した心の声に私は聞こえぬふりをする。

どさり、と泰子さんが物がいっぱいに詰まったエコバッグをテーブルの上に置いた。

「これは鰯《いわし》の梅煮。これは卯《う》の花…ええと、それから」

そう言いながら泰子さんが手品のようにエコバッグからタッパーを取り出してテーブルに並べる。

「ありがとうございます！」と言いながら私の心は悲鳴をあげる。タッパーの中身は裕樹の好物で、私が苦手なもので、普段、我が家の食卓に上ることがないものばかり。それを泰子さんはわざわざ作って「持ってきてくれる」。だが、そもそも、こんなに大量のタッパーが我が家の小ぶりな冷蔵庫に入るわけがない。

すでに母を亡くして頼れる人がいない私のために、玲奈が生まれてからというもの、月に二度くらいのペースで、この家に「来てくれる」。いいお義母《かあ》さんだと思う。必死に頭でそう思おうとしている。まるで、私のことを自分の娘のようにかわいがってもくれている。

「美菜《みな》ちゃん、玲奈の子育てで疲れているだろうから、眠りなさい。自分の家なんだから、私を気にせず横になっていいのよ」

泰子さんはそう言ってはくれるが、家にお義母さんが来て、玲奈を預けて、ぐうぐう眠れるほどの神経の太さが不幸なことに私にはない。

泰子さんは滞在中、家じゅうの至るところを片づけ、掃除をし（気になっていたお風呂《ふろ》場の黴《かび》も真っ白に！　ベランダに置きっぱなしのゴミ袋まで片付けてくれる）、部屋干しされていたままの洗濯物をてきぱきと畳む。私は泰子さんの後ろをついて歩く背後霊のようになってしまう。だって、私には結局、ベテラン主婦の泰子さんに勝てるようなことは何ひとつないからだ。

こんなときこそ、玲奈が泣いてくれればいいのに、と思うのに、こういうときに限って玲奈は爆睡タイムだ。それでも泰子さんのたてる物音で目を醒ましたのか、玲奈のふぇぇえ、と泣く声が聞こえた。私は寝室のベビーベッドに駆け寄り、玲奈を抱き上げて、リビングに戻る。けれど、その玲奈も泰子さんに「奪われてしまった」。私の二倍の速さでおむつを替え、私の三倍のスピードでミルクを作り、気がついたときには玲奈は泰子さんの腕のなかでミルクをごくごく飲んでいる。そんな二人を見れば、玲奈は私の子なのに……玲奈を返して……という嫉妬《しっと》にも似た気持ちが心に溢れる。でも、泰子さんは決して悪い人ではないのだから、そう思ってしまう自分の心が狭いだけなのだ、でも……。

寝室のドアが開いて、裕樹がやっと起きてくる。

「休みの日だからっていつまで寝ているの！　玲奈のおむつでも替えなさい！」

泰子さんの言うことは正しい。こういうときは泰子さんにもっときつく言ってほしいと思ってしまう。裕樹はTシャツの裾《すそ》から手を入れて体を掻《か》きながら、テーブルの上のタッパーの蓋《ふた》を片手で器用に開ける。

「これ、食べたかった！　蕗《ふき》の味噌《みそ》煮《に》！」

「でしょう！　裕樹のために作ったのよ！」

そう言って玲奈を抱いたままの泰子さんが次々にタッパーを開ける。私は蕗の味噌煮なんて上手《うま》く作れないし（そもそも好きじゃない）。

「あら、もう、こんな時間じゃない。お昼にしましょ。玲奈ちゃんはここでねんねちててねー」と玲奈を赤ちゃん布団に寝かせる。

すっかり馬鹿息子になっている裕樹と泰子さんと共にテーブルを囲むときには、私はほとほと疲れてしまっている。私と食事をするときには、自分でごはんを茶碗《ちゃわん》によそう裕樹も、泰子さんといるときには、甘えて、黙って、空の茶碗を泰子さんに差し出す。正直なことを言えば、そんな二人を見ていると虫唾《むしず》が走る。私と裕樹が時間をかけて決めてきた「我が家のルール」が、泰子さんがいることで「なかったこと」になってしまうからだ。食事を口に運びながらも、裕樹に腹が立ち、それを許している泰子さんにも腹が立ち、なぜだか布団のなかですやすや眠っている玲奈にも腹が立つ。

だって、私だけが輪の外にいるからだ。

そう思ったら、心臓がまた、きゅーーっと締めつけられる気がした。

玲奈は泰子さんのかわいい孫で、裕樹は泰子さんのかわいい息子で、それならば、私は泰子さんのかわいい嫁なのだろうか、と疑問がわく。そもそも「嫁」なんて言葉は嫌いだ。ならば義理の娘。それも違うような気がする。血のつながりなんて、ふとした拍子に他人以上の冷たいものになると、自分と亡くなった母との関係でいやと言うほどわかっていたはず。

母は私が建築の勉強をすることにも、設計事務所で働くことにも、いい顔をしなかった。亡くなるまでに心が通じ合ったと思える経験も数えるほどしかない。だからといって、血のつながりのない泰子さんとこれから先もうまくやっていけるか、と問われれば答えはNOだ。ならば、生まれたばかりの玲奈はどうだろう。私と玲奈との関係も、私と母との関係のように、いつしか希薄なものになってしまうのだろうか。今の段階で、素直にかわいい、と思えない子どもに、将来、親として大事にされるとも思えない。それを考え始めるとわからなくなる。

なんだか、こめかみのあたりが鈍く痛む。さっきの胸の痛みといい、嫌な予感がした。嵐がもう一度やってくるかもしれない、という漠然とした不安を抱きながら、それでも私は泰子さんの前で笑みを顔に貼りつけ、昼食を共にしたのだった。

泰子さんが夕方には帰り、その夜、裕樹が玲奈をお風呂に入れているときのことだった。私はリビングで玲奈のお風呂上がりのための準備を終え、ソファに座って、なかばぐったりとしながら、携帯を見ていた。SNSは好きじゃないが、それでも時間があると見てしまう。インスタグラムを眺め、Facebookを巡回し、Twitterをチェックしているときだった。

友人の顔がふと流れてきた。設計事務所時代の同僚だった。彼女が担当した保育園の前に立ち、穏やかに微笑んでいる写真が添えられたインタビュー記事だった。彼女の顔を拡大する。あの頃とちっとも変わっていない。私が設計事務所をやめてしまってからは、ほとんど交流がなかったが、その記事によると、結婚もして、子どももいるらしい。

「共働き夫婦の子育てでは夫婦でいかに智恵《ちえ》を出し合うか。同じ建築家の夫とともに、日々精進です」その文字列が目に入った途端、胸がきゅっと苦しくなった。

ああ、やっぱり来た、と思った。携帯を持つ手がかすかに震え始める。しばらくすると、心臓がバクバクして今にも口から飛び出してきそうだ。息苦しい。嫌な汗もかいている。

「おーい！」と浴室のほうから声がした。それなのに、私はソファの上で体を丸めたまま動けない。

「おーい！　美菜あ！」と幾度か呼んでも返事がないのをおかしく思ったのか、腰にタオルを巻き、玲奈を抱っこした裕樹がリビングに入ってきた。

「おい！　美菜！　美菜！」

丸まった私を見て声をあげ、私に駆け寄る。

「大丈夫、大丈夫だから……まず、玲奈に服を着せて」

そう私が言うと、裕樹が私と腕のなかの玲奈を交互に見て、困ったような顔をし、それでも腰にタオルを巻いたまま、私が準備していた下着とパジャマを玲奈に着せる。玲奈は幸いなことに泣いてはいなかった。湯上がりに用意していた麦茶の入った哺乳瓶を指さして、裕樹に飲ませてもらう。その間も息は苦しいままで、私があえぐような呼吸をするたび、裕樹が心配そうな顔で私を見る。

「し、心臓が苦しいのか？　救急車呼ぶか？」

「違う、違う、そうじゃなくて……」

「……まさか」

「うん。そうみたい……また、なっちゃった」

「あ、じゃあ、救急車は大丈夫ね」

「……うん、しばらくすれば落ち着くから……」

そうは言ったものの、心臓の鼓動の速さは一向に落ち着いてくれない。息が苦しくて、天井がぐるぐる回る。裕樹が玲奈に麦茶をあげているのを見てから、ぎゅっと目を閉じて、そばにあったバスタオルで口をおさえた。そのまま深呼吸を続ける。いつもの我が家の柔軟剤の香りを嗅《か》いでいたら、ほんの少しだけ心が落ち着くような気がした。どれくらい時間が経ったのだろう。私はゆっくりと目を開けた。目の前のラグに座って裕樹が玲奈を抱っこしている。玲奈は落ち着いて、泣いている様子もない。私はゆっくり体を起こした。

「大丈夫?」

「……もう大丈夫、多分」

「育児ノイローゼとかそんなんじゃないよね?」

裕樹がおそるおそるという感じで聞く。

「違うと思うけど」言いながら、そうじゃないとも言いきれないと思う。

「前にもほら、結婚前になったパニック……?」

「うん、多分、そうだと思う」

設計事務所で働いていたとき、私はあまりの仕事の忙しさと、人間関係のストレスでパニック障害になったことがあったのだ。満員の通勤電車にも乗れなくなり、結婚を機に、すっぱりと仕事はやめてしまった。二、三回、病院に通い、薬をもらっただけで、いつしかその薬も飲まなくなり、病院からは足が遠のいていた。何より、その病院の雰囲気にも先生の言動にも慣れなかったし、自分がメンタルを病んだ人間である、ということを認めたくなかった。今日、再び発症してしまったのは、多分、設計事務所の元同僚の記事をTwitterで読んだからだ、と思う。母親業と仕事を両立させて、インタビューを受けている彼女に対して引け目を感じたのだ。私だって本当なら……。

設計事務所時代は私のほうが仕事ができたし、彼女の上に立っているつもりでいた。パニック障害なんかにならなかったら、裕樹と結婚なんてしなかったら、玲奈が生まれなかったら……残酷な「もし」で頭のなかがいっぱいになっていく。けれど、その本心など裕樹に話せるわけもない。母親になれば、メンタルの病気などと、すっぱり縁が切れるものだと思っていた。だって世の中の母は皆、強そうに見える。自分だって、そう。玲奈が生まれて三カ月というもの、どれだけ睡眠時間が削られても（それは三十八の私にはつらいことだったが）食事が満足にできなくても、なんとか母親業をこなしてきたし（そういう毎日をこなす自分を誇りにも感じていた）、メンタルの病がつけいる隙などないと思い込んでいたのだ。

それなのに、彼女は母親業だけでなく、あのつらい設計の仕事もこなしている、と思えば、とてつもなく自分のことを非力に感じてしまう。押し黙っている私を裕樹が不安そうに見ている。動悸《どうき》が落ち着いてきたところで、私は思いきって裕樹に言った。

「あのさ、今日の夜と明日は……」

「ん？」

「私、この三カ月間、休みらしい休みもなかったじゃない？　だから、今日の夜は一人でぐっすり眠ってみたいんだ。明日は行きたかった美容院にも行きたいし、一日、お母さん業、お休みもらったらだめかなあ?」

今度は裕樹が押し黙る番だった。

「玲奈と二人きり?　明日も」

「玲奈、ミルクあげるだけだし、裕樹、おむつも替えられるでしょう。明日、どうしてもだめなときは携帯に連絡してくれていいから……」

「うーーーーーん……」

「私、今日、泰子さんの前でいいお嫁さんだったでしょう?」

「うーーーーーん」裕樹はなかなか納得しない。

「明日、純さんのところにも行ってメンタルのいい病院がないか聞いてみるよ。純さんならずっと地元なんだからきっと知ってると思うんだ。あの……」

「ん?」

「いちばん私が怖いのはさ、玲奈と二人きりのときにパニックになることなんじゃないかな、って今思って。だから、この病気、ちゃんと病院に行って治したいんだ」

そこまで言ってもまだ、うーーーんと口をへの字にしていた裕樹だったが、私の顔と腕のなかの玲奈の顔を交互に見つめて心を決めたのか、

「うん、わかった。明日、僕、頑張ってみる」と子どもみたいに泣きそうな顔で言う。私は心底疲れてもいた。一日半休みたい、という「許可」を裕樹にもらうために、なんで、

こんなに言葉を尽くさないといけないのか……。また、さっきの彼女のインタビュー記事が頭に浮かぶ。「共働き夫婦の子育ては夫婦でいかに智恵を出し合うか」。私が仕事をやめて、専業主婦だから、裕樹は私を休ませてくれないのだろうか、とふと思ったら、なんだかまた、息が苦しくなってきたので、そこから先は意識的に考えないことにした。

やっと裕樹が重い腰を上げて、リビングに布団を用意する。玲奈は、いつもと違う様子に泣き出すどころか、裕樹の頬を小さな手でぺたぺたと触って喜んでいる。裕樹はどこか不安げだったが、私は見て見ぬふりをする。

その夜はお風呂にも入らずにベッドに入った。

布団で体が温まって、シーツの冷たいところを足の先で探しながら、私はとろりとした眠気がやってくるのを待った。リビングから玲奈のぐずる声が聞こえてきて、思わず体を起こしそうになるが、いや、今夜は自分を優先させるのだ、とぎゅっと目を瞑《つむ》った。そうして、私はいつの間にか、引きずり込まれるような深い眠りの世界にいた。

翌日の日曜日、裕樹は目の下に黒々としたくまを作っていたけれど、それにもやはり見て見ないふりをして、裕樹が作った簡単な朝食（バタートーストとカップスープ）を食べた。産後ほとんど日焼け止めしか塗っていなかった顔に、今日はしっかりめにメイクをした。出かける時間になって、玲奈はなんとなく気配を察知したのか、少し泣いたけれど、「今日だけ、今日だけね」と多分、玲奈にはわからない言い訳を口にして家を出た。裕樹がうらめしそうな顔でこっちを見たが、知ったことではない。

午前中は産後初めて美容院に行った。伸びっぱなしだった髪を短くして、髪色を明るくしてもらった。もう、これだけで十分、と思ったし、玲奈のことも心配だったけれど、今日一日は休めるのだ。慌てて帰る必要もない。もう少し、一人だけの時間を楽しむことにした。「純喫茶・純」に行って、純さんに病院のことも聞きたかった。それに、いつまた、パニックが起こるかと思うと気が気でなかった。

産後初めて、一人で純に向かう。いつもは玲奈を前抱っこしながら、「子連れじゃ迷惑がかかるしなあ」とうらめしげな顔で店の前を通り過ぎていた。妊娠前はほとんど毎日のように通っていた店だ。久しぶりに純さんの顔も見たかった。店の前に着くと、なんと、数人が並んでいる。若い人ばかりで気が引けた。いつからこんな人気店に！　と思いながら、それでも列の最後に立った。

そのとき、ふいにまた心臓がどきどきし始めた。列に並ぶということが、通勤の満員電車を連想させたのかもしれない。まずい、まずい。このまますぐに家に帰らないと、と踵《きびす》を返したときだった。息ができない！　手足が痺《しび》れて、激しいめまいで気を失いそうになった。倒れるのは迷惑がかかる、とその場にしゃがみ込んでしまった私を、並んでいる人たちが怪訝《けげん》そうな目で見る。それでも、私の前に立っていた一人の女の子が店の中に駆け込んでいくのが見えた。エプロン姿の純さんがドアから飛び出してくる。

「あれ、美菜ちゃん！」

大丈夫です！　と言いたいのに口が乾いてうまくまわらない。それでも私は言った。

「い、家に戻ります」

「馬鹿言わないで、救急車呼ぶ？」

いいえ、と首を振るのが精一杯だった。

「とにかく、店のなかで休んで」

純さんがそう言うと、並んでいた一人の男の子が肩を貸してくれる。みんな、優しいなあ、と思ったら涙が出そうだった。結局、私は男の子に抱き抱えられるようにして店の中に入り、純さんに案内されるまま、バックヤードのソファに横にならせてもらった。

「何か薬、持ってる？」

いいえ、と首をふる。

「パニック、だね？」

純さんが耳元で言って、私は頷《うなず》いた。でも、どうして純さんがそんなこと知っているのだろう。

「落ち着くまでここにいていいから。裕樹さんに連絡する？」

「……もう、少し、したら……」それだけ言うのがやっとだった。純さんがタオルケットのようなもので私の体をきゅっと包んでくれる。心地良かったが、心臓の鼓動は治まる気配がない。忙しい純さんに迷惑かけてしまった、と思ったら涙が湧いた。それでもほんの少しの時間眠ってしまったようだった。バックヤードの開け放った窓から金木犀《きんもくせい》の香りがする。ドアが静かに開いて女の子が顔を出した。確か、この子はバイトの澪ちゃん。澪ちゃんにも久しぶりに会ったが、随分と大人になったような気がした。

「なにかあたたかいもの、持ってきますね」

澪ちゃんが目を醒ました私の顔を見ると安心したように部屋を出て行く。まだ、少しめまいがしたが、ソファに体を起こした。しばらくすると純さんがハーブティーをお盆に載せて、やってきた。

「あ、私、裕樹に電話しないと」そう言いながら、バッグの中の携帯を捜した。

「これ、飲んでからでもいいじゃない。まあゆっくり休んで」

「すみません。お店の忙しい時間に」

「もう今の時間はお客さんも少ないのよ。澪ちゃんもいるから大丈夫」

「いただきます」と言ってから純さんの持ってきてくれたハーブティーを一口飲んだ。そのあたたかさに心の底からほっとした。

「あの、純さん……」

「なあに?」

「さっき、どうして私がパニックになったってわかったんですか?」

「そりゃ、自分がなったからに決まっているじゃない」

「純さんが……?」

私はお店で元気な純さんしか知らない。純さんにそんな側面があったなんて想像もできなかった。

「子ども産んだあとにね、パニックだけじゃなくて、ひどい育児ノイローゼになっちゃって私。……それがきっかけで夫とも別れたの。子どもも向こうに引き取られてね……」

「そうだったんですか……」純さんにお子さんがいたこともちっとも知らなかった。

「産後って意外に心の病気にかかる人が多いの。ねえ、美菜ちゃん、今、病院には行っていないの？」

「前に行っていた病院があるんですけど、なんだか私には合わなくて、でも行かないといけないと思ってます……今日、純さんにいい病院がないか聞きに来たんです」

私がそう言うと純さんが小さな紙片を差し出した。小さな文字で「心療内科　椎木メンタルクリニック」とある。

「このあたりでいちばんおすすめできるクリニックだよ。私も通っていたの。子ども連れでも大丈夫みたいだから、もし気になったら……」

純さんがそこまで話すと、バックヤードのドアが開いた。玲奈を抱っこ紐《ひも》で前に抱いた裕樹が心配そうな顔で立っている。純さんが連絡したのだろうか。

「あら、どうして美菜ちゃんがここにいるってわかったんだろうね……」

「美菜、携帯にも出ないし、なんとなく、なんとなく嫌な予感がしてさ……美菜は必ず純さんのところに行くだろうと思っていたから」

「愛の力だね」と純さんは笑ったけれど、私はうまく笑えなかった。

昨日起こったパニックは単なる偶然だろう、と思いたかった。でも、もう一回、起こってしまった。やっぱり病気が復活したんだ、と思うと、笑顔も作れない。心の病であっても自分は病人、という思いが私の心を暗くしていく。俯《うつむ》いてしまった私の暗い顔を見て、純さんが口を開く。

「玲奈ちゃんと二人きりでいて、万一、パニックになったら、この店に電話しなさい。私か澪ちゃんが、美菜ちゃんの家に駆けつけるから！」

「えっ！　そこまで純さんにご迷惑かけられません！」

「何言ってるの。困っているときはお互いさま。どうしても、のときは私でよければ頼りにしていいのよ」と純さんがなんでもないことのように言う。確かに純さんの言葉は有り難かったが、もしパニックになっても、純さんにまで迷惑はかけられない、ときゅっと心は縮こまる。でも、本当にそうなったとき、いったいどうしたらいいんだろう。裕樹は会社だし……。やっぱり純さんに電話をかけてしまうかもしれない。

玲奈を抱っこした裕樹と私と三人で、マンションを目指して歩く。玲奈は私の顔を見て、うれしいのか、きゃっ、きゃっと声をあげる。けれど、機嫌がいいのは玲奈だけで、私の心は暗かった。裕樹も何も言わない。私の病気が二人の間のこの暗いムードを作り出していることだけは間違いがなかった。

翌日、クリニックの開く時間にすぐに電話をかけてみた。事情を話すと、電話に出た男性が「すぐにいらっしゃい」と言ってくれてほっとした。

玲奈を連れて行っていいか電話で確認すると、

「もちろんどうぞ。赤ちゃんに会えるの楽しみにしています」と、本当にここはメンタルクリニックの人なんだろうか、という明るい声が返ってきた。だからといって、私の心がすぐに軽くなったわけでもない。この町には知人も多いし、同じマンションの住人に子連れでメンタルクリニックに入っていくところを見られたら、なんて言われるかわからない。それでも早くクリニックに行かないと次の発作が起きるのが怖い。玲奈を抱っこ紐で抱えながら、私は家を出た。

きっと駅前の雑居ビルの中にあるんだろうな、と思いながら、携帯の地図を見て辿《たど》りついた「椎木メンタルクリニック」はごく普通の民家と変わりなく、拍子抜けしてしまった。門扉を開け、よく手入れのされた庭を抜けて、重い木のドアを開けると、玄関と廊下が続いていて、本当に普通の家だった。迎えてくれたのは、髪の短い女性で、私より十くらい年齢が上のように見えた。玲奈と私の顔を見て微笑み、笑った玲奈を見て、「まあ、なんてかわいいんでしょう」と甘い声をあげる。「こっちで抱っこ紐を外してね」と案内されたのは、待合室のような部屋で（普通の家ならばここが多分リビング）、有り難いことに私以外に患者さんはいなかった。女性が口を開く。

「午前中に予約していた患者さんが二人、風邪でね。キャンセルになったの。だから、この時間はあなたの貸し切り。赤ちゃんにミルクあげてもいいし、おむつを替えてもいいし、あなたの体がきつかったらここで横になってもいいのよ」

「あの、じゃあ、すみません、おむつを替えさせてもらっていいでしょうか？」

女性は「もちろん」と声をあげ、床に敷くバスタオルを持ってきてくれた。

おむつを替え終わって顔を上げると、一人の男性が近づいてきて、「かわいいなあ」と玲奈の顔を覗《のぞ》き込む。電話に出た男性だろうか。この人が先生？　でも白衣も着ていないし、とてもメンタルクリニックの先生みたいじゃない。私が通っていた病院の先生はどこか威圧的でこんなふうに表情を崩したりしなかった。

「ほーんと、かわいいねえ」と女性も玲奈の顔を見て、なんだかまるで二人の孫を連れて、実家に帰ってきた気分になった。

「ほかに患者さんがいないんだから、ここで全部やろうか」と男の人が言うと、女性が、「そうだね。おいしいパウンドケーキもあるのよ。ちょっと切ってくるね」といそいそと部屋の奥にあるキッチンに向かう。本当にここは病院らしくない。男の人が名刺をくれた。

「椎木旬」とある。この人が先生なんだ。

女性がケーキを載せた皿と赤いハーブティーのようなものを私の前にあるローテーブルの上に置き、名刺を差し出した。「カウンセラー　椎木さおり」とある。私は思わず言った。

「あ、ご夫婦なんですか……」

「そう、さおり先生が問診とカウンセリング担当。僕が診察担当」

旬先生はそう言うとさおり先生と目を合わせて微笑む。仲がいいんだな、とちょっとうらやましくもなった。

「じゃあ、まず問診票とこの用紙に現在の症状を書いてもらおうか……」

「はい……」

私が用紙に記入している間、玲奈はさおり先生が抱っこしてくれていた。玲奈は泣く様子もなく、おとなしくにこにこと抱かれている。その姿を見て、なぜだか泣きたくなる。こんなに汚れのない、生まれてきたばかりの子どもなのに、母親がパニック障害だなんて、なんだか玲奈が不憫《ふびん》に思えて仕方がない。堪《こら》えていたのに、ペンを持ったまま泣いてしまった。さおり先生はそんな私に動揺することもなく、ただ黙ってティッシュの箱を差し出す。記入した用紙を旬先生がしばらくの間、眺めていた。

「そうだね、春日《かすが》さんに時々起こる状態は、パニック障害と言ってもいいと思う」

そう言われてぶわっと涙が溢れた。さおり先生が私の手を握りながら、口を開く。

「でもね、産後の女性には珍しいことじゃないの。産後は女性ホルモンのバランスが崩れて、メンタルが不安定になりやすいし、初めての子育て、ってだけで、体と心には大きな負荷がかかる。このクリニックにもね、そういう人は珍しくないのよ……」

旬先生の言葉が続く。

「パニックを起こさないように薬でコントロールしながら、さおり先生のカウンセリングを受けてもらおうか。……もちろん、このクリニックは赤ちゃん連れで来ていいんだよ」

「はい……」

薬を飲むことには正直少し抵抗もあったが、私が何より怖れているのは、玲奈と二人きりでいるときにパニックが起こることだった。その恐ろしい状況を薬でコントロールできるのなら素直に有り難い、と思った。

そうして、週に一度、私は椎木メンタルクリニックに通うことになったのだった。もちろん玲奈といっしょに。薬を飲んでいるせいか、パニックは起こる気配を感じることもなくなった。それでも万一、玲奈と二人きりでいるときにパニックが起こりそうになったら、クリニックにすぐに電話すること、と言ってもらえたのもうれしかった。椎木メンタルクリニックは、すぐに私にとって心の避難所になった。

思えば、玲奈が生まれてからというもの、裕樹や泰子さん以外の大人とまともに口をきいたことがなかった。数少ない友人たちは時折、ＬＩＮＥのメッセージをくれるが、皆、子どもが大きく（もしくは子どもがいない）、乳児の相談はできなかった。玲奈のためにも公園デビューをしなければ、と思いながら、公園に行っても、若いママたちの雰囲気におされ、踵を返したこともあった。だから、一時間弱とはいえ、それがメンタルクリニックのカウンセリングであれ、さおり先生が自分の話を聞いてくれるのがうれしかった。

さおり先生と話をして強く感じたことは、私がパニック障害で仕事をやめたことに、強い挫折《ざせつ》を感じていることだった。確かに、この前、産後初めてパニックが起きたときのように、ネットや友人からのメールなどでかつての友人や同僚たちの活躍を知ると、私のなかに澱《おり》が溜《た》まっていくような気がした。もしかしたら、それは、私だったのかもしれないのに……とねじれた思いが胸に残った。もっと正直なことを言えば、玲奈さえいなければ……と思ったことも一度や二度ではないのだ。そのたびに、私は自分を責めた。

不妊治療までして、やっと生まれてきた玲奈なのに。

ある日のカウンセリングの最中に、私はさおり先生に泣きながら言った。そのとき、玲奈を自分の前に抱っこしていた。本当は玲奈の小さな耳を塞《ふさ》ぎたかった。玲奈は小さなフェルトの象のおもちゃを口に入れて、よだれでべたべたにしている。

「夫にも言ったことはないけれど、先生、私は玲奈がかわいいと思えません。私、本当は仕事を続けたかった。だけど、それが心の病気で叶《かな》わなくなって、不妊治療なんて始めちゃったんです……仕事ができないなら、母親にならなれるかも、なんてものすごく軽い気持ちで……」

「母親になるのに、正しい理由なんて、ないんじゃないかな。それに、産んだ子どもをかわいいと思えないということ、それすらも異常なことじゃないの。極端なケースだけれど、お母さんの心の病でどうしても赤ちゃんを愛せなくて、その子を施設に預けたこともあった。だけどね、私、こういう仕事をしていると、そういうお母さんと子どもが不幸だ、とも思えないのよ。それに、最初から、子どもがかわいい、かわいい、と思える人なんて、むしろ少数派なんじゃないかな。どんなお母さんだって、いつもいつもかわいいって思ってるわけじゃなくて、ふとした瞬間に感じるものなんじゃないかな……」

「…………」

「それに私、ここに来る春日さんと玲奈ちゃんを見ていると、あなたが玲奈ちゃんのことをかわいいと思ってないなんて、とても思えない。ううん、かわいいと思っていないのかもしれないけれど、あなたは毎日、玲奈ちゃんにミルクをあげて、おむつを替えて、お風呂に入れて、清潔な服を着せている。そこにかわいい、っていう感情が乗らなくても、あなたはもう十分すぎるほどやっているよ……それだけで今は満点じゃない」

「そうでしょうか……」私はさおり先生が差し出してくれたティッシュで、鼻をかみながら言った。

「それに、今すぐでなくても、お仕事、また再開すればいいんじゃないかな」

「えっ」

おそるおそる私は尋ねた。

「そんなことができるようになるんでしょうか」

「春日さんの病状はそれほど重いものではないし……どんどん良くもなっている。お薬さえちゃんと飲んでいれば、今後、パニックが起こる心配もないだろうし……今すぐ、って話ではなくても、玲奈ちゃんを保育園に預けて少しでもお仕事再開する、っていう目標を持つのは春日さんにとっても決して悪いことではないし」

さおり先生の言葉に、私の心のなかで小さな花の蕾《つぼみ》が開くような気がした。

「玲奈ちゃん、少し抱っこしてもいいかしら」

さおり先生が言う。

「もちろんです」

私の腕のなかにいた玲奈にさおり先生が腕を伸ばす。玲奈はさおり先生の腕のなかでにこにこしてぐずることがない。玲奈もさおり先生が大好きなのだろうと思った。さおり先生の背後の書棚にふと目がいった。小さな写真立てに視線が止まる。古い、古い写真だ。ここからはよくは見えなかったが、生まれたての赤ちゃんのようにも見えた。私の視線に気づいたのか、さおり先生が玲奈を抱いたまま写真立てのほうに目をやる。

「ああ、あれはね、私の子ども……」

「じゃあ、随分もう大きくなられたんでしょうね……」

「…………」

しばらくの間、さおり先生は黙ったままだった。私ではなく玲奈に話しかけるように口を開く。

「……ううん。心臓に疾患があってね。生まれてから幾度も手術をくり返したけれど、結局はだめだったの……」

「そうだったんですか……」

「私はそれがきっかけで心の病を患ってね……それで、私の夫は医学部に入り直して精神科医になったのよ。……ごく普通の会社員だったのにね。私も病気が落ち着いたあとに、カウンセラーになる勉強を始めてね……」

そう話すさおり先生の顔に玲奈が小さな手を伸ばす。

「私はこんな仕事をしているから、つい上からの物言いになっていたらごめんなさいね。春日さん、人生ってね、何度でも、どこからでも、もう一回始められるんだよ。私はそれを旬先生から教えてもらったし、ここに来る人たちからも教えてもらったの。それに、春日さんの人生は始まったばかりなんだよ。ねえ、玲奈ちゃん」

そうさおり先生に話しかけられて、玲奈は微笑みを返す。玲奈は穏やかで私を困らせることがあまりない。そのことに気づいたのも、椎木メンタルクリニックに通うようになってからだった。

さおり先生の「人生は始まったばかり」という言葉に目が開かれる思いがした。さおり先生の話を聞きながら思い出していたのは、なぜだか純さんのことだった。さおり先生も、純さんも、そんな過去の出来事があったことなど思わせないくらいに、強くしなやかだ。そんな女の人に、今の自分はほど遠い。でも、いつか二人のような女性になりたい、とそう思った。


「ねえ、この薬はどういうこと⁉」

平日のある日、再び、泰子さんが我が家にやってきた。裕樹は仕事で家にはいなかった。それでも、泰子さんのエコバッグに詰まっているのは、いつものように大量のタッパー。ダイニングテーブルの上に置きっぱなしにしていた薬の袋と処方箋《しょほうせん》を手に泰子さんが金切り声をあげた。泰子さんが処方箋に視線を落としている。それを見れば、その薬をなんのために飲んでいるのかすぐにわかってしまう。

「心の不安を穏やかにする薬って……生まれたばかりの玲奈がいて！　そんな心の病気なんて、ねえ、美菜ちゃん、どういうことなの⁉」

泰子さんの声に心が震える。正直なことを言えば、苦手な泰子さんに正面から向き合うのが怖かった。それでもきちんと言わなくちゃならない。自分のために、玲奈のために。

「お義母さん、私はパニック障害という心の病気なんです。でも、きちんと専門の病院に行って治療を受けて、薬も飲んでいます。症状は少しずつ良くなっています。……それに、いつかは仕事に復帰したいとも思ってるんです。だから、今は」

「美菜ちゃんが病気なのに、玲奈を保育園に入れて仕事がしたい、ってこと⁉」

「……今すぐじゃありません。いつかそうするために、今は治療に専念して」

「母親が心の病気なんて！」「玲奈がかわいそう！」

泰子さんの言葉が私の心を射る。

いちばん痛かったのは、

「美菜ちゃんがそんなに心の弱い人だと思わなかった。そんなことがわかっていれば裕樹との結婚なんて許さなかった」という一言だった。

今の私をぺしゃんこにするのに、十分すぎる言葉だ。涙が出そうだったがぐっと堪えた。さおり先生とのカウンセリングで少しずつ戻ってきていた自己肯定感に真っ黒い墨を投げつけられたような気持ちになった。泰子さんは「玲奈を自分の家に連れて帰る」とまで言った。私は抱いている玲奈を渡さなかった。泰子さんに玲奈を渡さないために、私は抱っこ紐で玲奈を抱いた。ただならぬ気配に驚いたのか、玲奈が泣き始める。これは修羅場だ、と私は思った。それでも、玲奈を守らなくちゃならない。

「私が母親です。玲奈は私の子どもです」

それだけ言うのが精一杯だった。

泰子さんがいつ帰ったのかもわからない。帰り際にも、何かひどいことを言われたような気がするが、そのすべてを今すぐ忘れてしまいたかった。

私は泣き疲れて眠ってしまった玲奈を抱いたまま、ソファの上に座り、窓の外がぼんやりと暮れていくのをただ見ていた。

玲奈の頭を撫《な》でる。ふわふわのまだ揃っていない髪の毛が汗で束になっている。赤んぼうにしては長い睫《まつげ》。小さな鼻、小さな唇。こんなふうに落ち着いて、玲奈の顔を見たことがなかった。かわいい、と思う気持ちにはまだ少し距離があるが、この子を守らなくちゃ、と強く思った。だって、この子が頼れる母親は、この世の中に、私しかいないのだから。じゃあ、私を守ってくれる人は誰だろう……。裕樹の顔が浮かんだが、なぜだか、その前に泰子さんの顔が浮かんだ。裕樹はまだ、玲奈の父親、私の夫である前に、泰子さんの息子なのだ。そのことをいつか話し合わないといけない……そう思いながら、私も少し眠ってしまったようだった。帰ってきた裕樹に揺り起こされるまで、自分が眠ったことにも気づかなかった。

「ねえ、ごはんは？」

その言葉にほとほとうんざりして、私は冷蔵庫を指差した。

「裕樹の好きなものなら、全部、あそこに入っている。泰子さんが持ってきたから、どれでも好きなものを食べればいいでしょう」そう言いながら、私は玲奈を前に抱っこしたまま立ち上がり、小さなトートバッグを手に裕樹の前を横切った。

「ちょっと、ちょっと、こんな時間からどこに行くの！」

背中から裕樹の叫び声が聞こえたが知るもんか、と思った。とにかく、裕樹の前から、泰子さんのさっきの言葉が転がっているような、この部屋からいなくなりたかった。マンションの廊下を小走りに駆け、やってきたエレベーターに乗り込む。携帯で時間を確かめた。午後七時すぎ。「純喫茶・純」ももうやっていない。それでも、エントランスを抜けて、私はマンションを後にした。

コートを着なくてもいい気温だったが、それでも少し肌寒かった。着ていたロングカーディガンで抱っこ紐のなかの玲奈を包むように抱きしめる。玲奈は有り難いことに、抱っこ紐のなかでおとなしくしている。さっき、泰子さんに言われた言葉が、耳の内側でまだわんわんと反響している。涙がにじみそうにもなるが、心の病気の何が悪いのか、と大声で反論すればよかった、と後悔が心に広がる。

肉屋のショーケースの中に並んだ黄金色のコロッケを見て、ぐーっとおなかが鳴った。私の前に、黄色いランドセルカバーをつけた小学一年生だろうか、小さな女の子と、ハイヒールを履いたお母さんらしき女性が手を繫《つな》いで歩いている。私も仕事を始めて、玲奈も成長したら……あんな親子になるのだろうか。その想像は楽しかったが、そこに裕樹が登場しないことが怖くもあった。自分一人で働いて、玲奈と暮らす？　私はその先を想像するのをやめた。

商店街はすぐに通り抜けてしまい、閉まったままの「純喫茶・純」を覗いてはみたが、灯《あか》りは消えて、誰かがいる気配もなかった。足を進めると小さな公園がある。いつも若いママたちがたむろしていて、私の足が遠のいてしまった公園だ。もちろん、こんな遅い時間、誰がいるはずもない。それでも私は公園に入り、玲奈を抱っこしたまま、ブランコに乗ってみた。

携帯が、幾度も、幾度も震える。裕樹だろうとわかっていたから、電話には出なかった。久しぶりに乗ったブランコにかすかに揺られながら、公園から見える大型マンションの灯りに目をやった。色とりどりの部屋の灯り。どこからか聞こえてくる赤ちゃんの声は、玲奈より少し大きい子のような気がした。その子の声につられるように玲奈が泣き出す。あ、もうミルクの時間だ。家に帰らないと……。私、いったいこんなところで何やっているんだろうな、と思いながら、それでも立ち上がり、どこか後ろめたい気持ちで、玲奈をあやしながら、自宅までの道を歩き出したのだった。

「もう！　いったいどこで何してたんだよおお！」

その声に、あ、ぶたれる、と一瞬思ってしまったが、もちろん、そんなことはない。それでも裕樹の声はそれほど怒気を孕《はら》んでいた。そんな声出すの、初めて聞いた。

私は裕樹を無視して、玲奈を抱っこしたまま、キッチンに向かい、手を洗って、ミルクを作り始めた。出来上がったミルクをローテーブルの上に置いて、玲奈を赤ちゃん布団の上に下ろす。今一度抱き上げて、ミルクをあげようとすると、裕樹が玲奈を抱き上げようと腕を伸ばす。その前に私が素早く抱いた。ソファに座り、玲奈の口に哺乳瓶を差し出す。玲奈はよっぽどおなかが空《す》いていたのか、すぐに喉を鳴らして、ミルクを飲み始めた。裕樹がこちらを見て何か言いたげな表情をしていたが、私は極力無視した。それでも、裕樹が口を開く。

「……母さんが、何か言ったんでしょう？」

私は黙っていた。泰子さんの言葉はまだ私の耳で反響していて、それは思っているよりも深く心に突き刺さっていた。その棘が抜ける日なんて来ないような気がした。

「ひどい、ひどいことだよ。人として許せないようなこと……」

玲奈にミルクをあげながら、私は一息に言った。こんな言葉は口にしたくもない。言っただけでどっと疲れがにじむ。裕樹が携帯をかざす。泰子さんからのＬＩＮＥのメッセージがずらずらと並んでいる。私は見るともなくそのメッセージに目をやった。

〈美菜ちゃんて心の病気なの？〉

〈玲奈をまかせていて大丈夫なの？〉

さっき泰子さんに言われたような言葉だ。心からうんざりしながら、私は言った。

「裕樹も同じ気持ちなんでしょう？　仲良し親子だから、考えていることも同じだよね、きっと」

　裕樹の目が心底、怒っている。それでも私の言葉は止まらなかった。

「私は心の病気だし、私が玲奈の母親じゃないほうがいいんでしょう？　でもね、裕樹はなんにも聞かないけれど、私の心は少しずつ良くなっているんだよ。いつかは、仕事に復帰したいとも考えてる。それが私の今の大きな目標なの。実現できるかどうかわからないけどね。裕樹や泰子さんが私のことをわかってくれないのなら、私は玲奈と二人で暮らしてい
て」その瞬間、私の頬に裕樹の手が触れた。叩《たた》いたつもりなのかもしれなかったが、それほどの力は裕樹の掌《てのひら》には込められていなかった。

「馬鹿！」

「馬鹿って何よ！」

「美菜と暮らしていきたくて結婚したんじゃないか。美菜との子どもが欲しくて不妊治療も頑張った。それ以上に」

「育児もたいしてやらないくせに！」

　私はそばにあった紙おむつを投げつけた。紙おむつは宙を舞い、フローリングの床の上にふわりと着地した。

「夜中のミルクも裕樹の担当だったんじゃないの!?　それもいつの間にかやらなくなって。泰子さんが来ればば息子気分ででれでれして、玲奈の父親としての裕樹はどこにいるの？

私の病気のことは気にならない？　私があのクリニックでどんな話をして、どんな気持ちでいるか、ぜんぜん裕樹は聞いてくれないよね」言いながら涙がこぼれる。

「……ごめん」

「興味がないのなら、いいの」

「本当にごめん……」

これじゃ、まるで子どもの喧嘩《けんか》だ。

涙はぽたりと玲奈の頰に落ちて、すーっと顎《あご》のほうに流れていった。玲奈が驚いて目をぱちくり、とさせる。手にしたガーゼで玲奈の顎の涙を拭《ぬぐ》う。裕樹との関係を壊したいわけじゃない。けれど、二人の心はいつの間にか遠くに離れてしまっている。でも、それ以上に、私と泰子さんとどっちが大事なの⁉　と聞いているような、今の自分が嫌だった。冷静な頭で考えれば、裕樹が今、仕事が忙しいのはわかっているし、私の病気の状態をくわしく聞くような心の余裕もないこともわかっている。でも、それでも、私のほうを向いてほしかった。今、こっちを向いてくれなければ私は……。

「もう今日は疲れてしまった。玲奈をお風呂に入れてくれるかな？　私はもうベッドでぐっすり眠りたい……」

私がそう言うと、裕樹は黙って頷いた。顔だけ洗って歯を磨き、寝室のベッドに横になったが、眠りはいつになっても訪れてくれなかった。それでも途切れ途切れに眠ったようだったが、夜が更けて、玲奈の泣く声で目を醒ました。いつまで経っても玲奈は泣きやまない。泣き声の合間に裕樹の声が聞こえる。携帯で誰かと長い話をしているようだった。こんな時間まで仕事か、と私は半ば呆《あき》れながら、リビングに行って裕樹の手から玲奈を抱き上げ、寝室に連れて行った。玲奈を腕のなかに抱き、背中をとんとんと、やさしく叩く。そうしながら、しばらくの間眠ってしまったようだった。

真夜中、気配で目覚めると、寝室のドアが開いた。廊下のダウンライトが裕樹の背中に当たっているので、裕樹の表情はわからない。シルエットだけが見える。

「……今の美菜には、なかなかわかってもらえないかもしれないけれど、僕は玲奈と美菜が何より大事だよ。二人との暮らしがなくなるなんて、そんなこと、僕は考えたくない。それだけはわかってくれる?」

「……うん」

「子育てのことも口ばっかりでごめん。できることはなんでもやるようにするから」

眠ったせいなのか、さっきまで素直に聞けなかった裕樹の言葉が、乾いた心に沁《し》みていくような気がした。

「……うん、わかった。私も、なんか、いろいろ、ごめん……」

「美菜はあやまることないよ。今日はゆっくり休んでね、僕はこっちで寝るから」

「ありがとう……」

玲奈の穏やかな寝息が聞こえる。その声を聞いていたら、再び眠気がやってきた。仕事で疲れているのに、ソファで寝かせて悪いなあ、と思いながら、私も玲奈と共に深く眠ってしまったようだった。

翌日、朝、早くに玄関のチャイムの音で目を覚ました。慌ててリビングに行くと、裕樹がテレビインターフォンで誰かと話している。泰子さんの大きな声がした。

「お願い！　美菜ちゃんにあやまらせて！　ここを開けて！」

正直なことを言うと、その声だけでこめかみがガンガンと痛んだ。

「どうする？」という顔で裕樹が不安げに私の顔を見る。泰子さんの顔など見たくはなかったが、部屋に入れないと、いつまでも玄関ホールに泰子さんがいるような気がした。

「少しだけなら……」

わかった、と裕樹が頷き、鍵《かぎ》を解除する。私は玲奈を抱っこしながら気が気じゃなかった。昨日、あんなことを言われた人にどんな顔で会えと言うのだ。

裕樹が玄関ドアを開けて、泰子さんが足音を立ててリビングにやってきた。相も変わらず、手には膨らんだエコバッグ。泰子さんが何も言わないまま、テーブルの上にお重を出す。蓋を開けると、そこには裕樹の好物ではなく、私がいつか泰子さんの料理でおいしいと言って食べたもの（お赤飯や唐揚げや鯵《あじ》の南蛮漬け）がみっしり詰まっていた。

昨日の今日で、早朝からそんなに何品も料理を作ったのかと思えば、泰子さんの、そのパワフルさにやっぱりめまいがした。

泰子さんが私に向かっていきなり頭を深く下げる。

「美菜ちゃん、ごめんなさい！　昨日はあんなこと言って、本当にごめんなさい」

「えっ」

昨日とはうって変わったその様子に正直面食らってしまった。

「本当にひどいことを言ったんだと、昨日の夜、裕樹に言われて……美菜ちゃんの大変なときに……裕樹もごめんなさい……あなたの大事な美菜ちゃんに」

「そうだよ。昨日も言ったけれど、美菜にひどいことを言うのなら、もうこれきり玲奈とは会わせない」

「ちょっと裕樹！」と言いながら、裕樹の顔を見た。裕樹が目配せする。えええ、そこまで言ったのか、となぜだか急に泰子さんが不憫に思えてきてしまった。裕樹が私の腕のなかから、玲奈を抱き上げる。

「本気だよ！　何度も言うけれど、僕にとっていちばん大事なのは」

その言葉に泰子さんがべそべそと泣き始めたので、ぎょっとした。

「私、ひとり息子の裕樹にそんなこと言われたら……玲奈にはもう会えないなんて……父さんも死んで一人で寂しいのに……」

「お義母さん、もう顔を上げてください。心配かけてすみません。だけど、私の病気、少しずつ良くなっているんです。安心してください」

泰子さんが顔を上げる。泰子さんの顔は涙でべたべただ。その顔がどこか玲奈にも似ているような気がした。本当に、本当に、正直なことを言えば、私の心には、まだわだかまりがある。泰子さんだってきっと、本当の、本当の、本心ではないだろうし、私だって昨日言われたこと、心から許せたわけじゃない。だけど、仕方がない。この人はもう私の家族。玲奈のおばあちゃん。いつか好きになれる予感は、今はしないけれど、適度な距離をとりながら、つきあっていくしかない。

その日の泰子さんはあやまるだけあやまると口数も少なかった。それでも、いつものように泰子さんの作ってきてくれた食事をみんなで食べた。

「おいしい」泰子さんの鯵の南蛮漬けは本当においしいのだ。確かに泰子さんのことは苦手だけれど、誰かに作ってもらったものが心の底からおいしいと思えるほど、私の心も回復しているのかもしれない、と思えた。

泣いて目を腫《は》らした泰子さんが心からうれしそうな顔で私を見る。泰子さんの料理をおいしい、なんて言ったこともあんまりなかったな。これからは、ちゃんと泰子さんに伝えようと心に決めた。始終おとなしかった泰子さんは、食事を共にしただけで帰っていった。

夕方、夕飯の買い物をする前に、裕樹と玲奈と「純喫茶・純」に寄った。日曜日の店のなかは相変わらず人が多く、純さんは、忙しく店のなかを動き回っている。ボックス席に座ると、裕樹が玲奈を抱っこしてくれた。バイトの澪ちゃんは私たちの席に近づくたび、玲奈を見てあやしてくれる。澪ちゃんが考えたというチョコレートパフェを裕樹と半分ずつ食べることにした。

「裕樹は大変だね、泰子さんの大事な息子で、私にとって大事な夫で、玲奈にとって大事な父親で……泰子さんに言いたくもないことも言って」

裕樹がわざとらしく視線を外して、あらぬ方向を見る。

「え、なんのこと⁉　僕が言った気持ちは全部、本当のことだけど？　美菜だって、母さんにあんまり気を遣うことないんだよ」

「え、なんのことかわからないなあ……でも裕樹、ありがとう、うれしかった」

「御礼を言うのはこっちだよ。母さんにあんなこと言われたのに、母さんの作った料理、無理して食べてくれて」そう言う裕樹に膝《ひざ》の上の玲奈がよだれまみれの拳《こぶし》を突き出す。

「あーあ、べたべた」と言いながら裕樹がガーゼで玲奈の小さな拳を拭《ふ》く。澪ちゃんがチョコレートパフェをテーブルに持ってきてくれた。

「早くこの隙にパフェ食べて、アイスが溶けちゃうよ」

私は長いスプーンでチョコレートソースのかかったバニラアイスを口に入れた。言葉にしなかったが、私はやっぱりいい人と結婚できたのかもしれないなあ、と口のなかに広がる甘さと共にそう思った。

「純喫茶・純」をあとにして、スーパーで買い物をして家に帰った。

月日は過ぎて、カレンダーの絵も替わった。今はゴッホの『ドービニーの庭』が壁を飾っている。ふと思う。あのエヴァはまだ楽園にいるだろうか。さおり先生とのカウンセリングが進むにつれ、猫のモリスの夢は見なくなった。とっちらかった日常があっても、心から好きになれない人がいても、やっぱり私にとっての楽園はこの家なのだ。自分でも気づかぬまま、「玲奈、玲奈、かわいいねえ」という言葉が自然に口をついて出るようになった。嘘でもなんでもない。私の本当の、本当の、本心だ。

玲奈を抱っこして、そのにおいを肺いっぱいに吸い込む。まるでひなたの縁側に干したふかふかのお布団のような、玲奈のにおいがそばにあれば、私はきっと大丈夫。明日は勇気を出して玲奈と公園に行ってみようか。そう思えるほど自分が回復していることが私にはうれしかった。

夜のカフェテラス

「もう随分症状は安定しているね。今度は少しずつ薬を減らしていくことを考えようね」

僕がそう言うと、今日最後の患者さん、倉橋《くらはし》さんの頬が薄桃色に染まった。隣に座っているご主人と顔を見合わせ、二人でかすかに頷《うなず》き合う。

倉橋さんは、母親を亡くしたことがきっかけでうつになり、随分と長い間、薬の服用とカウンセリングを続けていた。ここに来始めた当初は、僕の顔を見るなり「今すぐ死にたいです」と口にしていた彼女だったけれど、長い年月を経て、薄皮を剝《は》ぐように症状は改善していった。倉橋さんだけではなく、あきらめずにこのクリニックに通ってくれる患者さんにはいつも頭が下がる思いだ。そして、倉橋さんのご主人のように、大事な人の心の病に付き添う人たちにも。

「じゃあ、また来月」

僕がそう言うと頭を下げて二人が出ていく。二人の背中を見送って僕はカルテを仕上げる。時計に目をやると時間はもう午後八時を過ぎていた。玄関のほうで、さおりが二人を見送っている声がする。廊下を歩く音がして、さおりが診察室に入ってくる。手にしたお盆には、湯呑《ゆの》みが二つ。あたたかな日本茶が湯気を立てている。

「おつかれさまでした」さおりがそう言いながら、僕の前に湯呑みを置く。

「おつかれさま」僕がそう言うと、さおりのおなかがぐーっと鳴る音がした。

「今日はもう遅いから僕がパスタでも作ろうか」笑いながら僕がそう言うと、

「やった」と穏やかにさおりが笑みを返す。

その顔を見ながら、人の心が回復していくということの不思議さを思う。あの頃はこんな日がやって来るなんて思いもしなかった。真っ暗なトンネルの中でさおりの手を引いて迷っているような毎日だった。

たくさんの患者さんを見ていても、人生のなかでそんな場所を通らなければならない時期というのがある。それでも、どこかに光はあるはずだ。若かった僕とさおりはそれだけを信じて、あの暗い日々を過ごしていた。

「よく食べる人だな」というのが第一印象だった。

安いけれど、やたらに量が多くて脂っこいメニューばかりの学食で、いつも一人で食事をしている。体はうんと細くて薄いのに、どこにそんな胃袋があるのか、と思わせるほど、猛スピードで皿の上のものをたいらげていく。皿の横にはいつも何かの本が開かれていた。髪の毛は無造作に肩のあたりまで伸びていて、無地の簡素なワンピースを着ていることが多かった。

一人で食事をしているけれど、他人を遠ざけているというわけでもなく、友人らしき人が来ると、本を閉じて、自分の隣や前の席をすすめる。友人と話を始めても食事のペースは変わらず、見とれるような食欲だった。いや、食欲だけに見とれていたわけではない。初めて学食で見かけた日から、僕は彼女の姿を捜すようになっていた。彼女の姿を見ることができた日は一日中幸せで、会えなかった日は少しへこんだ。

恋とも呼べないくらいの淡い感情だった。

猛勉強をして、なんとか滑り込むように入った大学だったけれど、勉強（なんだって商学部なんてところに入ってしまったのかと後悔した。けれど、入れるところがそこしかなかった）には身が入らず、就活が始まるまではバイトをしてできるだけ貯金をしよう、そして、高校生の頃から夢見ていたバイクでの国内旅行を実現しようと、入学早々心に決めた。

大学にいる時間は必要最低限と決めて、それ以外は運送会社や引っ越し会社で体を酷使するバイトをした。幸運なことに僕の実家は東京西部のはずれにあり、そこから大学に通っていた。とはいえ、あまり裕福というわけでもなかったから、バイト代の一部を学費や生活費の足しにと母親に渡し、残ったバイト代を貯めて、中古のオフロードバイクを手に入れ、夏休み前に免許をとった。

あっという間に長い休みがやって来て、僕はバイトをしながら、当初の目標どおり、日本の至るところを旅する計画をたてた。自分の部屋の壁に日本地図を貼り、目を瞑《つむ》って虫ピンを刺す。そこに出かけた。大抵は特に名所もない寂れた地方都市で、なんでこんなところまでわざわざ来たんだろう、と思う場所のほうが多かった。

旅費節約のため、ホテルや旅館には泊まらず、テントと寝袋で過ごした。海岸や雑木林があればそこに、何もなければ、もう使われていない駅舎やバス停で寝たこともある。けれど、そんな日々が僕にはたまらなく楽しいのだった。海沿いの寂れた食堂で、とれたての魚の刺身に身をよじるほどのおいしさを感じたとき、僕は幸福だった。その幸福を伝えられる誰かがいないことの寂しさにまだ気づいてもいなかった。

一人で寝ているテントを雨粒が激しく打つとき、その音を美しいと思った。不思議なことに、そんなとき、ふいに大学の学食を思い出すことがあった。あの女の子だ。彼女なら、こんな旅をおもしろがってくれるような気がした。昨日食べた、鰺《あじ》の刺身を彼女にも食べさせてみたい。どんな顔をするだろう。そんなことを思うのは生まれて初めてのことだった。

「旅行ばっかりして‼」と母親に小言を言われながらも僕の旅は続いた。

瀬戸内海《せとないかい》を旅していたときのことだ。僕はそのとき船で小島をまわっていた。高い船賃に心のなかで文句を言いながら、頼りなくなった財布の残金を数えていた。ふいに自分の手から千円札が離れた。僕はそれを追って甲板の上を走った。千円札は床を滑り、海風にあおられて、人の足の間をすり抜けていく。ああっもう！　と思った瞬間、真っ赤なゴム草履が千円札を踏んだ。くるぶしの小さな骨の突起、つるりと丸いかかと。爪には何も塗られていなかった。小さな花柄模様のスカートと白い袖《そで》無しシャツ。彼女だった。

「あっ」と彼女の顔を見て言ったのは僕だけで、彼女は屈《かが》んでゴム草履の下の千円札を手に取り、無表情で僕に差しだした。

「ありがとう……ございます」と言ったものの、僕のことを同じ大学の人間とは認識していない様子だ。それもそうか。彼女は軽く会釈しただけだった。僕に千円札を渡すと、もう用は済んだ、というようにまっすぐ前を向く。彼女は学食で見かけたときより髪が伸びていて、それを無造作にひとつに結んでいた。やせっぽちなことには変わりがなかった。

「同じ大学の者なんだけど……」その一言が言えないまま、船は小さな港に着いた。彼女は小さな手提げひとつ持ったきりで、その服装からいっても旅行者には見えなかった。この島の人なのだろうか。到着したのはすぐにバイクで一周できるくらいの小さな島だ。この島にいる限り、運がよければ、彼女ともう一度会えるような気がした。

バイクに乗り、エンジンを吹かして、僕は彼女を追い越した。適当な海辺にテントを張り、村営の風呂《ふろ》に入った。時間を気にせず、都会では見られないような壮大な夕暮れを見て、近くの食堂で夕飯を食べようと思った。日替わり定食を頼み、ごはんは大盛りにしてもらった。店には僕以外の客はいなかった。ただ、店の奥に赤いエプロンをつけた女の子の小さな背中を見つけた。僕は心のなかで笑った。ここからでも、後ろ姿でもわかる。どんぶりのごはんをかきこむように食べている。もう会ってしまった。もう見つけてしまった。会えるような気がしていたのは、ほんの数時間前のことなのに。本当にそうなった。

この島がどれくらい小さいかの証明でしかないのに。その頃の僕にとっては、彼女と僕とが東京からこんなに離れた小さな島の小さな食堂で再会したのは、まさに運命の引き合わせだと思ってしまったのだった。僕は立ち上がり、彼女のテーブルに近づいた。軽く肩を叩《たた》く。彼女が怪訝《けげん》そうな顔で振り向く。僕は迷ったけれど、思いきって大学の名前を口にした。学食で時々見かけていることも。

つついていた。

「えっ、うそでしょ」迷った顔で笑いながらそう言う、彼女の口元に白いごはん粒がひと

それでもさおりと、きちんと話をしたのは、あの島から帰ってきてからだった。

「東京に戻ったら、ごはんをいっしょに食べよう」と僕らはさおりの実家であるあの食堂のテーブルで約束したのだった。それまでろくに女の子とつきあったこともなかったから、その台詞《せりふ》を言うときには、体が震えた。僕が口にした九月の適当な日付と時間、待ち合わせ場所である図書館、そして僕の名前を、さおりはマジックで手の甲に書き付けた。そのときのさおりの表情は怖くて見られなかった。

夏休みが終わり、その日が近づくと緊張し始めた。あんな適当な約束では来ないだろう、となぜだか漠然とそう思っていた。けれど、さおりはやって来たのだ。図書館の前で待っていると、日に焼けたさおりが重そうな紙袋を手に提げてこちらに向かってくる。

「これ、すっごくおいしいから」

紙袋いっぱいの魚の干物を見せて、さおりが強《こわ》ばった顔で笑った。さおりだって緊張していたのだろう。その日は大学のそばにあるあまり綺麗《きれい》とはいえない（しかもデートなどには絶対に使わない）店でトンカツを奢《おご》った。さおりの食べっぷりは間近で見れば見るほど惚《ほ》れ惚《ぼ》れとするものだった。千切りキャベツの一本だって残しはしない。その日から、僕のバイト代は、放浪の旅費だけではなく、さおりに何かを食べさせてあげるためのお金

にもなった。

さおりは文学部で国文学を専攻していた。彼女の傍らにはいつも本があった。よく食べ、よく本を読み、そしてよく眠る人だった。映画に行っても、電車に乗っていても、目を閉じるとすぐに眠ってしまう。出会った当初は、彼女が学費のために深夜のパン工場で働いていることを知らなかったので、その無防備さに少しあきれもした。僕が隣に座っていれば、さおりの頭はすぐに傾いて僕の肩に乗る。その頭頂の小さなつむじを見ながら、僕とさおりは、これからずっと長い間いっしょにいるのではないか、そんな予感のような希望のようなものを感じていた。

いつからさおりと正式につきあい始めたのか、正確な年月日はわからない。気がつけば、僕とさおりは時間の許すかぎり、大学でも、それ以外の場所でもいっしょに過ごすようになった。僕の実家にごはんを食べに来ることも度々あったし、僕も翌年の夏休みには、さおりの実家に泊まりがけで遊びに行った。

僕と弟、男の子どもしかいない母は、さおりを自分の娘のように可愛がったし、さおりの父は、食堂にやって来た客に「息子だ」と僕を紹介した。ずっと長い間いっしょにいるのではないか、というぼんやりとした予感は現実のものとなり始めていた。

絵本や参考書を扱う小さな出版社に勤めることが決まったさおりと、飲料メーカーになんとか潜り込んだ僕は、二人の会社からそれほど遠くはない小さなアパートで二人暮らしを始めた。飲料メーカーの営業の仕事には、いつまで経っても慣れなかったが、僕とさおりとの暮らしは常に凪《な》いでいたといえる。大きな衝突も喧嘩《けんか》もなかった。週末になれば、さおりと共に狭い台所に立ち、大量の料理を作り、ビールを呑《の》みながら食べた。結婚したのは二人で暮らし始めて二年目の夏の終わりで、さおりの郷里の島の小さな神社で控えめな式を挙げ、二人は正式に夫婦になった。

その一年後にさおりが妊娠したことは、僕らにとって少し予想外のことではあったが、僕は二人の子どもが生まれてくることを心から喜んだ。けれど、さおりは少し迷っていた。会社に入って三年目、やっと仕事が一人前にできるようになってきたのだ。子どもを抱えて、同じように仕事ができるのだろうか。それがさおりの戸惑いの原因だった。

「でも、仕事をずっと続けていくと決めたのなら、産休と育休の時間くらいいくらでも取り戻せるよ。僕もできる限りのことはするから」

そう言ってさおりを納得させた。けれど、さおりにそう言った僕も、僕の言葉に納得したさおりも、あまりに若すぎた。妊娠、出産や生まれてくる子どもには予想もしないことが起こりうるということを二人は知らなかった。きっと健康な子どもが生まれてくる。子どもが生まれてくれれば家族三人、穏やかな暮らしが待っている、と信じて疑わなかった。

妊娠したさおりは、それまで以上に食べるようになった。食べても体重は相変わらずそれほど増えない。瘦《や》せた体でおなかだけがぽこっと出ている姿は何度見ても慣れなかった。

「この子もきっとたくさん食べる子になるね」

さおりはそう言っておなかを撫《な》でた。妊娠中も出産時もトラブルはなかった。時が満ちて、さおりは女の子を産み落とした。生まれたてのその子をそっと抱くと、まるで淡雪のように頼りなかった。赤ちゃんはその名の通り、赤い顔をしているものだと思っていたが、顔色は透き通るように白かった。やはりトラブルが見つかった。すぐに精密検査が行われた。

「心臓に大きな疾患があります。すぐ手術をしないと……」

担当医師の言葉を最後まで聞くのが怖かった。そのときの僕らが医師に何を言えただろう。手術の同意書にサインする自分の手がかすかに震えていたことだけを覚えている。

「大丈夫、きっと良くなるから」

さおりにそう言うことしかできなかった。

五時間にも及ぶ大手術。さおりは病室のベッドの上で、僕は手術室に続く長い廊下のプラスチックの椅子の上で、ただ時間をやり過ごしていた。手術を終えた医師が疲労の色を顔に滲《にじ》ませながら僕に言った。

「これで終わりではありません。また幾度か、成長を待って手術の必要があります」

その言葉をベッドの上にいるさおりにどう伝えたらいいのだろう？　考えながら、病室に向かい、さおりのベッドに近づくと、さおりが横になりながら、自分のベッドの横にある赤んぼう用の透明なコットを見ていた。ペンと紙を手にしている。僕は医師から伝えられたことをそのままさおりに話した。さおりはそれには答えず、

「名前、考えないと」と無理に笑顔をつくった。赤んぼうにはまだ名前がなかった。さお

りが紙を差し出す。いくつかの名前がそこに並んでいた。「あまね」。僕はその名前を指さした。あの子にぴったりの名前のような気がした。さおりが笑う。

「うん。私もその名前がいちばんいいと思っていたの」

あまねは術後、ＮＩＣＵ（新生児特定集中治療室）で過ごした。さおりが退院したあとも、僕らはあまねに会いに病院に通った。胸のあたりを覆っているガーゼの白さが痛々しかった。入院しているあまねに与えるために、さおりは専用のパックに母乳を絞った。まだ、さおりが抱いて母乳やミルクをあげることは叶《かな》わなかったが、それでも、ＮＩＣＵに通うたび、保育器のなかのあまねは少しずつ大きくなっているように見えた。目は閉じたままだが、手足を動かし、声をかけると、偶然なのかもしれないが、僕らのほうにかすかに顔を向ける。ほんのわずかな時間だったが、あまねを抱けるようになったのは、手術から一カ月が過ぎた頃だった。

「生まれたときより重くなっている」さおりが僕の顔を見て笑った。その笑みを消し去るように、医師がそばにやって来た。白い部屋でさおりと二人、あまねの体の現状を聞いた。僕らの想像以上に、あまねの心臓の状態はよくなかった。あまねの体力の回復を待ちながら、あと少なくとも二回は手術が必要、とのことだった。

「それでも手術をすれば少しずつ良くなっていくのよね」

部屋を出て力なくそう言うさおりの手を僕は握った。まるで血が通っていないかのように冷たかった。病院の帰りにはいつも、そばにある小さな神社で手を合わせた。神仏ならなんでもよかった。あやしげな宗教はごめんだが、頼れるものには頼りたかった。

　あまねは生後三カ月になって、やっと家に帰ってきた。一カ月後には再び手術が行われるから、家族三人の暮らしは慌ただしく過ぎていってしまいそうだった。それでも僕とさおりには十分だった。今まで触れ合えなかった分を取り戻そうとするかのように、さおりは寝ているあまねに自分が作った絵本を読み聞かせた。それなのに、あまねは絵本ではなく、さおりの顔ばかり見ている。そんな様子がいじらしかった。あまねを見て、さおりと笑いあえることに幸せを感じた。妊娠をきっかけに引っ越した小さくて古いマンションに家族三人。あまねが病院から帰ってきたら希望と同時に自分自身の頼りなさも感じた。僕は頼りがいのある船長でなくてはならないのに、水平線しか見えない海に、小さなボートで漕《こ》ぎ出したようで、不安ばかりがつのった。

　さおりのほうが腹が据わっていた。心臓のためにもあまり長く泣かせ続けないように、と言われていたから、あまねが夜にぐずると、さおりはソファであまねを抱いたまま、ずっとその小さな体を揺らし続けていた。僕がどんなに深夜に起きてもそうだった。

「寝てていいよ。あなたは明日も仕事があるんだから」

　その言葉に甘えてばかりいた。この家族の船長である、自分が今できることは、家族三人の生活費を稼いでくること。そう自分に言い聞かせて、ベッドに横になった。浅い眠りのなかで、さおりの子守歌が聞こえたような気がした。

　生後四カ月の手術が無事に終わった。術後、ＮＩＣＵに入り、ほんのつかの間、家に戻り、生後九カ月で再び手術。これで終わるのだ、と思うと感慨深かった。もうこれで、その小さな体にメスを入れることもない。だが、小さなあまねの心臓は手術中にその動きを止めた。そっと息を入れ続けていた紙風船を誰かの手でぺしゃんこにされた気分だった。

哀しみ、という言葉では表現できない感情が、僕とさおりを縛り上げた。

あまねが亡くなったあと、病院を出てから葬儀場までの出来事は、すべて僕が中心になって進めていたはずなのに、今でもあまり記憶がない。ただ、声も上げずに静かに涙を流すさおりの体を支えていることしかできなかった。

葬儀が終わったあと、さおりはベッドに横になっていたが、あまり眠れていないようだった。あれほどよく食べていたさおりが、ほとんど食事をとらない。僕の顔を見ては、

「妊娠がわかったときに私が一瞬後悔したから」

「妊娠中に仕事で無理をしたから」

「妊娠前にのんだ薬がよくなかったのかもしれない」

と、自分を責めることばかり言う。

「さおりにはまったく責任がない。あまねがたまたまそういう心臓を抱えて生まれてきたんだから」と言ってもさおりは納得しなかった。本音を言えば僕も同じだ。なぜ、それがあまねである必要があったのか、僕らの子どもである必要があったのか、僕は心の底から納得していなかった。

ある夜、家に帰ると、ベッドにいるはずのさおりの姿が見えなかった。小一時間ほど町中を捜し続け、警察に連絡をしたほうがいいのかもしれない、と思ったとき、歩道橋の上にさおりの姿を見つけた。欄干にもたれて、その下の車の流れをただ見ている。今、声をかけたら飛び降りてしまうのではないか、と思ったら恐怖の感情が首筋をさっと撫でた。ゆっくり階段を上り、さおりに近づき、小さな背中にそっと手をやる。欄干の手すりを摑《つか》んでいた指先をゆっくり剝《は》がしていく。さおりは素足だった。僕は腕のなかにさおりを抱いた。さおりは動物のようなうなり声をあげ、吐くように泣いた。

「少し眠れるように、病院に行こう」

僕の言葉にさおりは頷きもしなかったが、専門家の手を借りねば、さおりがどうにかなってしまうようで怖かった。翌日、僕は会社を休んで、駅前の心療内科にさおりを連れていった。長時間待たされ、簡単な問診をされ、「うつだね」と言われ、大量の薬が処方された。さおりはその薬で一日中深く眠るようになった。その姿すら不安で、病院を替えてはみたが、どの病院も同じようなものだった。何が正確な診断なのか、どれが正しい治療なのか、僕にはわからなかった。さおりを一日中、ベッドに寝かせておくのも不安で、僕らは会社に近い僕の祖母の家に引っ越した。祖母は一人暮らしだったが、古い木造二階建ての家に住んでいた。まだ体も健康だ。その祖母に頼った。

「全部食べなくてもいいんだから少しずつね」と食事を作ってくれることも有り難かった。それでも、会社と家をただ往復しながら、僕の心のなかに少しずつ沸き上がってくる思いがあった。薬で眠り続けたまま、さおりはただ年を重ねていくのだろうか。今すぐ、以前のようなさおりに戻ってほしいというわけではない。ただ、時間がかかってもいいから、さおり自身の人生を再び歩いてほしかった。今の心療内科での治療はそのためのものになっているだろうか。疑問符が心にあふれる。さおりのように心に傷を抱えている人たちに働きかける方法は薬を出すことだけではないはずだ。僕はそれを知りたかった。

「医者になろうと思う。精神科の医者に」

僕がそう決意したとき、「何を今さら馬鹿なことを」と双方の親たちに言われた。けれど、先が見えない暗闇のなかにずっといなければいけないこの状況をなんとか打破したかった。医者になりたい。医者になってさおりの支えになりたい。僕のかたい意志を理解してくれたのは、同居していた祖母だった。

「あんたがそこまで言うのなら、よっぽどのことなんだろうよ。そう決めたんなら、早いとこ始めたほうがいい」

そう言って学費を貸してくれると言う。医学部に学士入学しようと決めたとき、僕はすでに二十七になっていた。入学しても医師免許をとるのに最低でも四年半、医師としての基本を身につける初期研修が二年、専門医になっていくための経験を積む後期研修が、三、四年。それでも、三十代を勉強に費やせば四十代で精神科医になれる。遅くはないと僕は思った。そう決めた日から、僕は仕事を辞め、息をしているすべての時間を勉強に捧《ささ》げた。

さおりに「精神科医になる」と伝えると、しばらく考えたあと、「旬ならできると思う……旬先生の治療なら受けてみたい」と言ってくれた。そして、一浪したものの、僕はなんとか医学部に潜り込むことができたのだった。大学に行っている間は、祖母にさおりの面倒をみてもらったが、なんとか時間を作れたときは、さおりの通院にもつきあった。

スタッフの数が足りないとか、患者の数が多いとか、理由はさまざまあるのだろうが、事務的なやりとりで薬だけを出す医師にはやはり腹がたった。将来（それはいつになるのかわからないが）もし自分がクリニックを開くときには、そんな場所には決してしたくはなかった。

勉強は楽ではなかった。睡眠時間を削って勉強時間にあてた。勉強が進むたび、幾度も本当に医者になれるのか、と自分の心に問うた。人の心を治す、そんな大それたことが自分にできるのか。そんな自分の不安な心を支えたのも、さおりだった。ベッドから抜け出し、祖母の隣で簡単な家事をこなすようになっていた。昼間ではなく、日が暮れてからなら、買い物にも祖母と二人で出かけることができる。さおりの通院しているクリニックには、いろいろと文句をつけたくなることが多かったが、さおりのその行動はまた、さおりに処方された薬が効き始めているという証《あかし》でもあったのだ。

ある夜のことだった。コンビニに行くと言う僕にさおりが「いっしょに行く」と言う。梅雨にはまだ少し早い、気持ちのいい夜だった。僕とさおりは手を繋《つな》いで歩いていた。遠くのほうから、子どもの激しい泣き声と、子どもを叱責《しっせき》する母親らしき人の声が聞こえた。

ベビーカーを押した若い母親と、二歳になるかならないかくらいの子どもだった。子どもがベビーカーに乗らずに歩く、と幼い意思表示をしている。そのことに母親が怒っているのだった。

「早くしなさい！　ベビーカーに乗らないとごはんないよ！」

もう夕飯には少し遅いくらいの時間だった。その親子にもなんらかの理由があったのかもしれない。仕事で遅くまで保育園に預けなければならない、とか。僕は「あまねが元気に生きていたら、あんなこともあったのかもしれない」と思いながら歩いた。そのとき、さおりと繋いでいた手にずん、と重みを感じた。さおりが道にしゃがみ込んでいる。僕も腰を落とした。泣き続ける子どもをなんとかベビーカーに乗せた母親が、その横を早歩きで通り過ぎていく。子どもはまだ、大声で泣き続けたままだ。

「どした？　さおり、大丈夫か？」

あの子どものように泣き始めたのは、今度はさおりのほうだった。

「あんなに小さい子ども、なんで大声で叱れるの？　生きているだけで十分じゃないの」

しゃくり上げながら、さおりが言う。僕は言葉を返した。

「あのお母さんにも事情があるんだよ。一日子どもといっしょにいて疲れてるとか、もしかしたら仕事で疲れてるのかもしれないし」

「なんで、生きてる子どもにあんな態度がとれるのか、私にはまったくわからない」

そう言って泣きわめく。通り過ぎていく人の興味を引いているのは、さっきの親子では

なくて、さおりだった。僕はさおりの背中を擦《さす》り、

「家に帰ろう」と促した。

叱られていた子どもと生前のあまねの年齢は違う。それでも、あまねを亡くす、という体験が、瘡蓋《かさぶた》が剝《は》がれるようにフラッシュバックしたのかもしれなかった。泣きながらしゃがみ込むさおりの手を、無理に引っ張るような真似はしたくなかった。しばらくの間、さおりが落ち着くまでここで待とう。僕は地べたに腰を下ろした。人の目など、もうどうでもよかった。

しばらくすると、目の前にある、閉店した喫茶店の扉がゆっくりと開いた。

「あの……」僕と同じくらいの年齢のショートヘアの女性が顔を出した。

「……あ、はい」

「もしよかったら、中で少し休みませんか？　そこに座っていると体も冷えるし……」

細かい雨が路面を濡《ぬ》らしていることにも僕は気づいていなかった。

「いいんでしょうか？」

「誰もいないから、お気になさらず」

その女性の言葉に甘えて、僕はさおりを抱き抱えるようにして店の中に入った。カウンターや椅子、ソファに白い布がかけられている。女性はその布のひとつを取って、下からあらわれたソファを指さした。

「ここで少し横になりませんか？」

「すみません……」と言いながら、僕はまだかすかにしゃくりあげているさおりをソファに寝かせた。僕もその隣に座った。じろじろと見るつもりはなかったが、店の中を見回してしまう。僕の視線に気づいたのか、女性が口を開く。

「父がやっていた喫茶店なんです。父が亡くなってから、そのまま手つかずで……」

そう言って小さく笑った。洗いたてだろうか、柔軟剤の香りのするタオルを僕に手渡してくれる。

「そうだったんですか……タオル、ありがとうございます」

僕はそう言いながら、さおりを見た。さおりは目を閉じていたが眠ってはいない。かすかに濡れているさおりの髪や額をタオルで拭《ぬぐ》った。さおりは自分の心が落ち着くのをゆっくり待っているという感じだった。女性が口を開いた。

「あの……時々、おばあさまと並んで出かけていますよね？」

「……はい」小さく驚きながら、さおりが返事をする。

「私、一日中、ここの窓から通りを行く人を見ているから……」

彼女はそう言いながら、僕ら二人に水の入ったグラスを出してくれた。さおりも体を起こして、水をおいしそうに口にする。女性はカウンター席に腰を下ろした。

奥の黄ばんだ壁に額装して飾られているポスターは、ゴッホの『夜のカフェテラス』という絵だったような気がする。確か、ゴッホが初めて星空をモチーフに描いた作品ではなかったか。星が輝く青い夜空と、カフェテラスの中を照らす黄色の光の対比が、なんとも美しい絵だった。

その手前には、今はあんまり見ることもなくなったコーヒーを淹《い》れるための旧式のサイフォンがある。手入れをすれば使えるのではないか。僕は思わず尋ねた。

「あの、喫茶店は再開されないんですか？」

「…………」

「すみません、僕、初対面なのに、余計なことを言って」

「いえ、いいんですよ。そう言ってくださる方も多くて……有り難いことです」

「私も」さおりが口を開いた。僕と彼女は思わずさおりの顔を見た。

「私も散歩の帰りに、このお店でコーヒーが飲みたいです。あの絵みたいに」

さおりの指がゴッホの絵をさしていた。

「いつかそうできたらいいと思っています……」そう言って女性は目を伏せる。

驚いたのは、さおりが何かしたい、と自らの口で告げたことだった。

進んだり、退いたりしながらも、さおりの心は回復に向かっているのかもしれない。そのことが心からうれしかった。

精神科医としての後期研修も終わりに近づいていた。

さおりの病状はだいぶ良くなっていた。薬の服用はまだ続いていたが、以前のように、子どもが泣いているのを見て、いきなり人目も憚《はばか》らずに泣く、ということはなくなっていた。僕の先輩医師に紹介されたクリニックに通うようになってから、以前よりも体と心は回復しているように思えた。

さおりは昨年の終わり、勤めていた会社を退職した。あまねを亡くしたあと、長い間、契約社員として籍を置かせてもらっていたが、「いつまでもそれじゃ申し訳ないから」と言う。絵本を作る仕事は大好きだったから、「本当にいいの?」と幾度も確かめたが、さおりの気持ちは変わらなかった。

「子どもが読む絵本を見ると、あまねを思い出すから」

ある日の夕食どきに、さおりがぽつりとそう言ったことがある。

一見、元気なように見えていても、まだ、さおりの心はあまねにあった。でも、それでもいいと思った。僕だってそうだ。一生忘れることはできないだろう。それを抱えてさおりと生きていくのだ、と僕は心に誓った。哀しみを無理に忘れることはない。僕はさおりがどんな状態であっても生きてさえいてくれればそれでいいと思っていた。

足腰が弱くなってきた祖母に代わり、さおりが家事のほとんどを担うようになったのもその頃のことだ。僕が疲れた体をひきずって家に帰ると、さおりが必ずする話があった。あの喫茶店の話だ。僕はどんなに疲れていてもさおりの話を聞いた。

「今日もね、あの喫茶店、close の札が下がっていた」

さおりはもうずっと前から、あの喫茶店が再開されることを待っていた。祖母から、あのときの女性、純さんの話も聞いているようだった。

「純さんと、旬、名前も似ているね」

作った料理の皿をテーブルに並べながらさおりが僕に微笑みかける。

「純さんは、離婚してね、それで……」

さおりはそこまで言って口を噤《つぐ》んだ。

それでももう一度、口を開いた。

「世の中にはどうしようもない事情があふれ返っているってこと、そういう事情を抱えて生きてる人がたくさんいるってこと……私、うつになってみてほんの少しわかったんだ」

「うん……」さおりが言ったことは僕が精神科医を目指して勉強を続けるなかで何度も思ったことだった。さおりのように、人が心を病んでしまうことは珍しい話ではない。それはいつでも、誰にでも、起こりうることなのだ。

食事を終えると、さおりは夜遅くまで勉強を続ける僕のために濃いコーヒーを淹れてくれる。そんなときにも、純さんの名前がよく出てくるようになった。さおりが僕と祖母以外の誰かのことを気にかけていることがうれしかった。心が外に向き始めている。自分自身を傷つけるような日々から少しずつ抜け出しているような、そんな気がした。

仕事が早く終わったときは、僕も「純喫茶・純」の前を通った。さおりが言っていたようにドアにはclose の札が下げられている。けれど、いつか純さんが言った、

「私、一日中、ここの窓から通りを行く人を見ているから……」

という言葉が耳をかすめた。暗い店内に、純さんが一人、いるのではないか。今もその

店内から僕を見ているのではないか。けれど、今、純さんにとってそれが必要なことなのではないかとも思った。

人は自分の内側に入ったまま、外に出られなくなってしまうときがある。それも精神科医の勉強をして、知ったことだった。けれど、時期が来れば人は自分の殻をそっと壊して外に出てくる。純さんにもそういう時期がきっと来るはずだ。僕とさおりはそれを辛抱強く待つつもりでいた。

そして、その時期は案外早くやってきたのだった。

とある日曜日の夜、さおりと長い散歩の途中に「純喫茶・純」の前を通りかかると、灯《あか》りがついている。さおりがガラス窓に顔を近づけて、中を覗《のぞ》いた。

「あっ、純さんがいる」

僕が止める間もなく、さおりはドアをそっと叩いていた。ドアにはcloseの札が下がったままだ。しばらく待っているとドアが開いた。エプロン姿の純さんが姿をあらわした。

さおりが口を開く。

「この前、いいえ、ずっと前ですね……私、このお店で横にならせてもらって、ありがとうございました」

純さんはしばらくの間、考えていたが、さおりの顔を思い出したようだった。

「……ああ、そうでした。いえいえ、私のほうこそなんにもできなくて」

「僕たち、すぐ近所に住んでいるんです、二丁目のはしのほうの……」

僕が家の場所を説明すると、

「ああ、お庭に大きな木蓮の木がある」と僕らの家の場所を認識したようだった。

「そうですそうです。僕と妻は今、その祖母の家に住んでいて……」

純さんの視線が、僕が手にしていた本に落ちる。

「実は僕、こんな歳ですが精神科医になりたてでして……」

「まあ、そうなんですね……あのお時間があるなら、少し休んでいかれませんか？」

「いいんですか……」

「ええ、まだ散らかったままですけど、どうぞ……」

僕とさおりは顔を見合わせ、お互いに軽く頷いて、店に足を踏み入れた。

以前はしなかったコーヒーの香りが店のなかいっぱいに漂っている。椅子やソファにかけられていた布も取り払われていた。

「実はもうすぐ、お店を再開しようと思っていて……あの、よかったら、コーヒー召し上がりませんか？」

「もちろんです」僕は答えた。

純さんに導かれるように僕らはソファに腰を下ろした。カウンターのなかの純さんの動きは滑らかで、本当に喫茶店にいるような気分になった。しばらく経って、純さんが僕らの前にコーヒーカップを二つそっと置く。

「どうぞ……」心なしかその声が緊張しているようにも聞こえた。僕らはそっとコーヒーカップに口をつけた。

「おいしい……」さおりが思わず言う。確かにコーヒーは香り高くおいしかった。

「おいしいです」と僕も素直に感想を伝えた。それなのに、純さんの顔がくしゃりと歪《ゆが》む。

「まだまだ父の味に近づかないことも苛立《いらだ》たしくて……このお店の再開もなかなか進まない自分にも腹がたって……」銀色のお盆を抱えたまま、純さんは言った。

「なにもかもうまくいかないんです、私の人生……」

僕が口を開こうとしたそのときだった。さおりが言った。

「私も、なにもかもうまくいってないですよ」

「………」純さんがさおりの顔を見つめる。

「えっ、だって、こんなに立派なご主人がいて……そんなふうにはとても見えません」

「純さん、あ、純さんの名前はおばあちゃんから聞いたんです。私ね……」

そう言ってさおりがバッグの中から手帳を出した。ページに挟まれていた古い写真を純さんに差し出す。純さんが写真をのぞき込む。

「この子ね、あまね、っていうんです。女の子。でも、心臓が悪くて、生まれたばかりで亡くなってしまってね。そこから、私の人生、ストップしてしまいました。ずーっと何年も、寝たり起きたりで、こんなに頑張ってる夫にも同居しているおばあちゃんにも迷惑かけ通しなんです。うつになって、仕事も辞めて……」

「うつ……」

「そう、大うつ……ひどいうつ」そう言いながらも、さおりがかすかに微笑む。

「そうでしたか……でも、そんなふうにはぜんぜん見えません……」

「私、意地っ張りだから。演技がうまいんです」さおりが笑いながら言葉を続けた。

「でも、うまくいかないことのほうが多くないですか？　悲観論者みたいに思われるかもしれないけれど、世の中って、人の人生って、人の心をくじくようなことばっかり起こるんだもの」

「……………」純さんが黙って頷く。純さんもなんらかの事情を抱えている人なのだろうという気がした。多分、さおりも同じことを思っている。

「人生、うまくいかないことのほうが多いのに、みんなそれをうまく隠しているけど……私ね、あまねが亡くなってから、人生うまくいかないのが当たり前だと思うようにしたんです。そう思い始めたら、ちょっといいことがあったときはすごくうれしい。それをね、日記につけてるんです」

そう言ってさおりはまた、バッグの中から小さなノートを取り出した。そんなノートをつけていることなど、僕も今まで知らなかった。

「今日はここに純さんのコーヒーがおいしかった、って書きます。だって、私にとって、本当にうれしいことだから」

再び、純さんの顔がくしゃりと歪んだ。さおりが近づき、羽織っていたショールで純さんの体を包み込む。

「あの、私、純さんにお願いしたいことがあって……」

「……なんでしょう？」

「お店の片づけ、私もお手伝いしたらだめですか？」

「えっ……そんな」

「純さん一人じゃ大変じゃないですか？　私、昼間は暇なんです。体調も心の状態も日によって変わるので、短時間しかお手伝いできないかもしれないですけど……少しずつ、やっていきませんか？　お店、もう一度、開くために」

純さんは静かに泣きながら頷いていた。僕は驚きはしたが、さおりの言葉を止めなかった。二人の女性が支え合いながら、なんとか前に進もうとしている。

そして、さおりは体調のいい日は「純喫茶・純」に通うようになった。

さおりによれば、店の片づけがあらかた終わったあと、純さんは亡きお父さんの知り合いが営む老舗《しにせ》の喫茶店に通い、もう一度、コーヒーの淹れ方を学び直しているという。

純さんの意欲に引っ張られるようにして、店は僕らの想像より早く、夏の終わりに再びオープンすることになった。さおりは店があまりに忙しいときは、エプロンをつけて接客に立った。僕はその姿を、店の外から眺めたことがある。慣れないながら、お客さんのオーダーをとったり、コーヒーを運ぶ、さおりの姿を僕は見守った。

あの郷里の島で、実家の食堂で赤いエプロンをつけてどんぶり飯を食べていた若い頃のさおりの後ろ姿を思い出した。

あれから、ずいぶん、長い時間が経った。いろいろなことがあった。時間がぐるりと一周したような気がした。

心の病は、もう大丈夫、とはなかなか言い切れない。けれど、今一度、心がくじけるようなことがあっても、さおりは何度でも回復への道を歩き始めるだろう。僕はそう確信したのだった。

「私ももう一度勉強がしたい。人の心のことを。ううん。まずは自分の心のことをもっと知りたいの。カウンセラーになりたい。自信はまったくないけれど、私みたいにすぐに心がへたっちゃうカウンセラーがいてもいいような気がするの」

さおりがそう言い出したのは、僕の後期研修があと半年で終わる頃だった。

純さんの店で働くことになってから、いつかさおりがそんなことを言い出すのではないか、という予感はあった。僕が精神科医で、さおりがカウンセラー。まるで夢のようだが、あながちありえない夢でもない。あまねが亡くなってから時間を経て、さおりの心は凪《なぎ》の状態を保っている。医師になろうとする僕を支えてくれたさおりを、今度は僕が支えればいい。そうして、さおりは翌年の春から臨床心理士になるために大学院に通い始めたのだった。

さおりが大学院を終えてしばらく経った頃、実の娘のようにさおりの面倒をみていた祖母が亡くなった。

朝、いつものように起きてこないので、さおりが祖母の寝室に向かうと、ベッドのなかで冷たくなっていた。なにかの病で苦しむというわけでもなく、八十八歳の大往生だった。

「家も財産もすべて旬の病院のために使ってください」

震えた文字で書かれた遺言状を見て涙が浮かんだ。

祖母の遺言どおり、築五十年以上経っていた家を壊し、新しい家を建てた。庭を広くとり、さおりが好きなハーブや植物を植えた。診察室からも待合室からもカウンセリングルームからも、庭が見える設計にしてもらった。ごく普通の二階建て。一階はクリニックで二階に僕らの住まいがある。カウンセリングルームの書棚の目が届くところには、小さな十字架とともにあまねの写真を置いた。

誰もが気軽にやって来られるように、メンタルクリニックの大きな看板は掲げなかった。誰かの家に遊びに行くようにこのクリニックに来てほしかった。だから余計に、クリニックの存在は誰かの目に触れることも少なく、開院当初はまったく患者さんがやって来なかった。そんなときは、待合室でさおりと二人、お茶を飲んで過ごした。

ただ、待てばいい。患者さんがたくさんやって来ることはクリニックの経営にとっては有り難いことだが、それだけ心を病んでいる人が多くいるということだ。ただしどんなに患者さんがたくさん来たとしても、おざなりな診察だけはしたくなかった。

最初にやって来た患者さんは、純さんの知り合いの年配の女性だった。何しろ、ほかに患者さんがいないのだから、僕とさおりは、彼女の話をたっぷり時間をかけて聞き、必要最低限の薬を処方した。時間はかかったが、それでも彼女の心は安定していった。そのうち、彼女のつてでほかの患者さんが来るようになった。派手な広告を打ってはいないのに、口コミで患者さんがやって来てくれるようになった。

そうして、あっという間に数年が経った。僕もさおりもそれだけ歳をとった。

診察を終えたあとには、二人で書棚に飾ってあるあまねの写真に手をやる。

今日も一日無事に終わったよ。僕は心のなかで語りかける。

僕もさおりも、一日中、診察を続けていると、診察後には疲れて何もできず、営業を終了した純さんの店で夕食をとらせてもらうことも珍しくはなかった。

疲労困憊《こんぱい》の僕らのために、純さんはあたたかいコーヒーとサンドイッチを用意してくれる。その日は、寒くも暑くもないちょうどいい気温の初秋の夜だった。

「外で飲まない？」

純さんがそう言って、店の外に椅子と小さなテーブルを持ち出そうとする。僕とさおりも手伝った。

「夜のカフェテラス」

さおりがそう言いながら椅子に座る。

あのポスターはまだ純さんの店のカウンターの奥にあって、働く純さんを見守り続けていた。もしかしたら、純さんのお父さんの大事なポスターなのかもしれない。いつか、そんな話を純さんとできたらいいなと思った。

さおりの食欲は出会った頃のように旺盛《おうせい》だった。さおりの皿は瞬く間に空になって、僕の皿を見つめている。さおりの視線に負けて、

「どうぞ」と皿を差し出すと、「やった」と言いながら、サンドイッチに手を伸ばす。そんな僕とさおりをまるで母親のように純さんが笑いながら見つめている。純さんのコーヒーとサンドイッチはたいそうおいしかった。疲れがほろほろとほどけてゆく。

ここはごみごみした東京の片隅で、ゴッホが描いたあのカフェのようでも、パリの街角のようでもなかったが、確かに今、僕とさおりがいるここは夜のカフェテラスだった。

夜空には目を凝らせば見えるほどの小さな星が瞬いている。その星のひとつに、あまねの魂が宿っているような、そんな気がした。

ゆりかご

「純喫茶・純」というのが私の店の名前だ。私の名前は純。父から店名に純の文字を入れると聞いたときには、両腕を振り回して抗議したが聞き入れられなかった。

「世の中でいちばん愛する者の名前をつけてどこが悪い？」と父は平気な顔で言った。

「だったら、お母さんの名前をつければいいじゃない！」

「明美《あけみ》っていうのは純喫茶っぽくないだろ」

今度は母が怒る番だった。

父が亡くなってしばらく店を閉めていたが、私が店主になり再オープンして十年になる。元々は父がサラリーマンをやめて開いた店だった。ここが開店したとき、父にも母にも言えなかったが、私は心のなかでがっかりもしていた。その頃、父は誰もが名前を知る証券会社に勤めていた。毎朝、ビシッとスーツを着て会社に向かう父は子どもの私の目から見てもかっこよかった。喫茶店を始めて父はスーツを着なくなり、シャツにデニム、エプロン姿で毎日過ごすようになった。それも今思えばなかなか父に似合ってはいたのだが、子ども心には不満だった。

父が喫茶店を始めたいと言ったとき、当然、母も大反対した。二人が深夜に声をひそめて喧嘩《けんか》しているのもなんとなく記憶にある。「今の仕事を続けていたら心が死んでしまう」とまで父は言ったらしい。そして、母は折れた。最後の最後まであんなに反対していたのに、店がオープンすれば父がコーヒーを淹《い》れ、それを母が運んだ。

父のスーツ姿が見られなくなるのは残念なことだったが、小学校から帰ると、私は毎日店に寄った。父がいつも店にいる、というのはいいものだな、と思った。会社勤めをしているときは、父は連日深夜まで仕事をしていて、朝食のテーブルでしか会うことができなかった。

カウンターの隅でよく宿題をした。お客さんが増えてくると、なかには私に勉強を教えてくれる大学生やおじさんもいた。あのカウンターは私にとっては居間のテーブルでもあり、勉強机でもあった。夕方になると母と家に帰り、夕食作りを手伝った。夕食が出来上がる頃には父が家に帰ってくる。一日立ちっぱなしの父は疲れた顔をしていたが、会社員時代とはまるで違うことは、見ていてもわかった。

高校受験も大学受験の勉強も店のカウンターの隅でした。集中していると父がカフェオレを淹れてくれる。コーヒーの味はただ苦いだけで私にはわからなかったが、カフェオレはおいしいものだと思った。大好きな父が淹れてくれるのだからなおさらだった。

希望した大学には入れなかったが、第三志望の大学にぎりぎりで入学してからは、腰を痛めた母に代わり、父の店を手伝うようになった。接客などはそれまでの父や母を見ていたから難なくできるようになったけれど、コーヒーの淹れ方はどれだけ丁寧に父に教えられてもうまくならなかった。私があまりにまずいコーヒーを淹れるので父が声を荒らげたこともある。そんな声を聞くのはコーヒーに関する出来事のときだけだった。コーヒーの味に関しては父なりのこだわりが強くあるらしく、それを理解できないと私だけでなく母も叱られた。私は父に似ず、元々不器用だし、舌も繊細ではない。

「コーヒーなんてそんなに好きじゃないもの。この世からコーヒーがなくなったって誰も困らない」反発をしてそんなことを言うと、父はひどく悲しそうな顔をした。

父に叱られながらも、それでも私は店の手伝いをやめなかった。やはりこの場所に愛着があったのだろう。大学生活は瞬く間に終わり、就職が決まった。父がいたような有名な証券会社ではなく、やっぱり大学と同じように三流の、繊維メーカー。なんとか滑り込んだ会社だった。そこで営業職についた。慣れないヒールを履き、東京中を電車で移動し、担当者に会っては頭を下げ続けた。早朝から夜遅くまで。移動時間を考えると昼食が食べられない日も多くあり、私はみるみる痩《や》せていった。父の店に寄れない日々も続いた。それでも、仕事の失敗が続いて、どうしても店に行きたくなり、ある日の夕方、アポイントメントを無理矢理一件断って、疲れ切って店のドアを開けた。カウンターに突っ伏し、何も言わない私に父が一杯のコーヒーを淹れてくれた。一口飲む。そのとき初めて父のコーヒーをおいしいと思った。

「おいしい」とくり返して言う私に父がぽつりと言った。

「純、どんな仕事をしていてもコーヒー一杯飲む余裕がないと続かないぞ。突っ走ってばかりだといつかポキンと折れてしまう」

父は私の顔を見ないで言った。どこか遠い目をしていた。父自身のことでもあるのかな、とそのときふと思った。

あれから何年が経ったのだろう。

店の窓を拭《ふ》きながら、ふいにあのときの父の声が蘇《よみがえ》ることがある。

バケツの中で雑巾《ぞうきん》をゆすぎ、固く絞ってバックヤードに干しに行く。バックヤードのいちばん奥には父の写真が置かれている。朝いちばんで淹れたコーヒーを写真立ての前に置く。そうして手を合わせる。今日もおいしいコーヒーが淹れられますように、と。

店を開けると、すぐに常連さんたちが入ってくる。赤ちゃん連れのお母さんもいる。純喫茶では子どもは入店お断り、という店も多いけれど、私はお客さんをこちらで選別するようなことはしたくなかった。ベビーカーのママでも、足の悪い方でも入れるように、去年、店のなかの段差をなくすリフォームをした。アルバイトの澪ちゃんが考案したパフェの評判は相変わらずいい。ネットニュースでも取りあげられたせいか、週末は遠方から来てくださる方も多い。満員のときは申し訳ないのだが、店の外のベンチで順番を待ってもらった。父が生きていたら、目を丸くするような繁盛ぶりだ。パフェを出すようになってから若いお客さんも増えた。コーヒーを淹れながら、私は澪ちゃんと同じくらいの女の子を無意識に探してしまう。あの子が、ふいにこの店に来るんじゃないか、なんて。でも、そんなことがあるわけがない。もう十九年前のことだ。私があの町を出てそんなに長い年月が経ってしまった。来年の五月が来れば、私の娘、芽依《めい》も二十歳になる。

その日はお客さんも少なかったので、店を早めに閉めて椎木メンタルクリニックに向かった。

「先生、少し眠りにくくてね、いつもこの時期」

開け放たれた窓から金木犀《きんもくせい》が香る。香りが記憶を呼び起こす。あの町を飛び出して東京に戻って来たとき、ふいに街角でこの香りを嗅《か》いだ。この季節になると私の心は少し落ち着かなくなる。

「眠りやすくなるようないつもの薬を出しておこうか」

旬先生がカルテにペンを走らせながら言う。

「仕事、少し忙しいんじゃない？　お店の前を通りかかるたびなかを覗《のぞ》くけど、純さんいっつも忙しそうよ。商売繁盛はいいけど、気分転換に旅行でも行けばいいのよ。いい時期だから」

旬先生の隣にいるさおり先生が言う。さおり先生のカウンセリングは受けていないが、私がこのクリニックに来るときは、まるで来客のように、旬先生もさおり先生も接してくれる。

「そうねえ、でも、私の性格だと誰かに任せる、ってことがなかなかできなくてね」

「澪ちゃんみたいなバイトの子を増やせば？」

「あんなに仕事のできる子はそうそういないのよ」

「純さんの娘みたいなものだものなあ」

そう言ってから旬先生が少ししまった、という顔をする。

「娘さん、もういくつになったの？」さおり先生が旬先生にかまわず私に尋ねる。

「十九。でもね娘は娘の人生を歩んでいるんだもの。新しいお母さんもいて。私のことなんてもう忘れているでしょう。私の出る幕なんてないのよ」

そう言いながら、私は書棚の写真立てに目をやる。旬先生とさおり先生の子ども。あの子と別れたとき、この赤ちゃんより少し大きいくらいだった。そんな子を置いて、私はあの町を出た。胸がつまる。眉間《みけん》に皺《しわ》が寄る。私の表情の変化にさおり先生がすぐに気づいたようだった。

「純さん、ここでは外で言えないようなことをなんでも言っていいのよ。出る幕がない、だなんて、そんな世間が言いそうなこと、あえて純さんが言わなくてもいいの。なんでも思ったことを言ってね」

私は一度深呼吸をして心を決める。そして口を開く。

「……本当のことを言えばね。私、あの子に会いたくて会いたくて仕方がないのよ。澪ちゃんがそばにいるからかな。……澪ちゃんのことは大好きよ。だけど、澪ちゃんが自分の娘だったら、どんなにうれしいだろう、って思わずにいられないの。……本当は今すぐにでもあの子に会いに行ってあやまりたいの。私がしたこと全部」

泣きたくはないのに、涙が頬を伝う。バッグに入れてあったハンカチで涙を拭《ぬぐ》う。ハンカチにもすっかりコーヒーの香りが染み込んでいて、心のなかで苦笑してしまう。

「眠る前に、そんなことばかり考えてしまうのね。娘を置いてあの家を出たのが今くらいの時期だったからかな……」

さおり先生が私の手のひらに自分の手を重ねる。いつの間にか、窓の向こうから秋の虫の声が聞こえる。あの町はもう冬の準備をしている頃だろう。

私が結婚をしたのは二十四のときだ。

相手は同じ会社で同じ営業職をしている三歳上の人だった。あの人を確かに愛してはいたが、それ以上に私は仕事をすることにほとほと疲れてもいた。今思えば、仕事に嫌気が差して結婚生活に逃げ込んだのだ。だから、会社を辞めることにも躊躇《ちゅうちょ》はなかった。

結婚を決めたのと同時に彼が北陸のある町に転勤になった。彼は元々東北の出身で、親戚《しんせき》がその町の近くにいたから馴染《なじ》みがあった。反対に私のほうは父方も母方も親類縁者はみな関東の出身で、一人娘の私は東京どころか実家すら出たことがない。

知人も友人もいないその町で新生活を始めることについて、父も母も「ほんとうに大丈夫なのか?」と私に尋ねた。何がいったい大丈夫じゃなくなるのか、具体的なことは何も考えないまま、そう尋ねられれば「大丈夫、大丈夫」と気持ちのまるで入っていない返事をしていた。

東京での挙式を終え、あの町での暮らしが始まった。魚のおいしさに驚いていた時期はすぐに過ぎて、冬がやってきた。北陸の冬、というものを初めて体験した。東京の冬のからっと晴れた青空はどこにもなかった。

空には暗く重い灰色の雲が垂れこめ、海からの鋭い寒風が吹きすさび、気がつけば音もなく雪が降り続ける。車がなければ買い物に行くこともできなかったが、それ以外の用事がそうそうあるわけでもない。車に乗って行きたいところも思い浮かばなかった。この町に閉じ込められている？　そんな思いが頭をよぎることもあったが、それでも夫との二人だけの生活は幸福の色に彩られていた。夫のために食事を作り、家を整える。けれど、自分以外の大人の世話などすぐに済んでしまう。

私は器具を用意し、見よう見まねで父のようにコーヒーを淹れるようになった。自分のために、そして夫のために。懐かしいコーヒーの香りが部屋に立ちこめると、胸がつまった。夫のことは確かに愛していた。けれど、東京の町で、父に、母に会いたかった。夫は優しく、私に甘く、私が泣きべそをかいて東京に帰りたい、と言っても、ただ微笑んで「帰っておいで」と言うような人だった。私は水泳の最中に息継ぎをするように、東京に帰り、父や母に甘えた。父も母もそれみたことか、という顔をしていたが、私を黙って受け入れた。雪の降らない町で私は深く眠り、母の作った食事を食べ、父の淹れたコーヒーを飲み、そうして夫が恋しくなった頃に再びあの町に帰った。

妊娠がわかったのは、結婚をして二年が過ぎた頃だった。家族が増える、私はひとりではなくなる、という歓《よろこ》びが私の体を満たした。だが、予想していた以上につわりが重く、妊娠した途端、身動きがとれなくなった。水をのんでも吐いてしまう。あまりにひどく脱水症の心配もあって入院生活を体験した。退院してからも、体調の悪さは続いた。東京に帰ることはもちろん、週末に出かける夫とのドライブも、仕事帰りの夫に淹れる一杯のコーヒーもおなかの子どもは許してはくれなかった。起きている時間より横になっている時間のほうが長かった。それでも体調のいい日には、やって来る子どものために部屋を整えた。

そんなとき、父からポストカードが送られてきた。ヴェールのかかったゆりかごの中に眠る子どもをやさしく見つめる女性が描かれていた。裏面に文字はない。ベルト・モリゾという作者の名前が書いてあるだけだった。それなのに、まるでその絵が父からのエールのように思えて絵が涙でぼやけた。

父は絵の好きな人だった。店のなかには、ゴッホやピカソやモネやマネなどのポスターが額装されて飾られていた。私は父からもらったポストカードを写真立てに入れ、窓辺に置いた。ポストカードに描かれているようなヴェールのかかった大きなゆりかごを探したが、どこにもなく、仕方無く籐《とう》でできたゆりかごで我慢した。

妊娠後期におなかの子どもが女の子とわかったとき、夫は私のおなかを撫《な》でて喜び、おなかに向かって「おーい。早く出ておいで」と声をかけた。普段はあまり感情を表に出さない人だけに、子どもの誕生を待ってくれているとわかってうれしかった。初産とは思えないほどスムーズな出産。私の胸に置かれた赤んぼうはどこか懐かしいにおいがした。五月に生まれた娘に芽依と名付けた。あの町でいちばん過ごしやすい季節。短い春と夏と秋が終わってしまえば、また、いつ終わるともしれない冬が長く続く。母がやってきて、産後の生活をサポートしてくれた。母が掃除をした部屋で母が作った食事を食べ、授乳のときだけ芽依を抱く。「いつまでも私に甘えているとあとが大変よ」と言われたが、母がいなくなれば私一人ですべてをこなさなくてはならないことくらいわかっていた。「今だけ甘えさせて」と母に言うと、母は畳んだ洗濯物を胸にどこかうれしそうな顔をした。けれど、そのときの私に産後たった一人で育児のすべてをこなさなくてはならない大変さがわかっていたとは思えない。結婚のときと同じだ。何が大変なのか想像することもなく「大丈夫、大丈夫」と答えていたあのときと。

いつも鈍い頭痛がするようになったのは、母が東京に帰って一カ月が過ぎた頃だった。芽依はよく泣く子だった。常に抱っこをしていないと大きな声で泣き続ける。それでも母がいたときは、母が上手にあやして泣きやませてくれた。けれども、私がいくらあやしても芽依は泣きやまない。ミルクもあげて、おむつも替えたのに。とはいえ、自分一人でやっていくしかない。まだ生後二カ月の芽依を抱っこ紐《ひも》で自分の体にくくりつけて、掃除や洗濯をした。どれも出産前のように完璧《かんぺき》にはできない。掃除に時間をかけられなかったから、部屋のすみっこにはほこりがたまっていたし、浴室の壁には黴《かび》が生えた。ガス台の油汚れも気になる。一日があっという間に過ぎていく。仕事もしないで一日中家にいるのに、家のなかがなんとなく汚れている。そのことが少しずつ、私の心の重荷になり始めた。家が多少汚かろうと、優しい夫は何も言わなかった。芽依は抱っこをしていても泣き続けるようになった。それなのに、夫が抱くと泣きやむ。いったい私のどこがいけないのだろう？　私は途方に暮れた。

どこか体の調子が悪いのかと思って泣きやまない芽依を小児科に連れて行ったこともある。

「どこにも悪いところはない。お母さんが少し神経質なんじゃないかな？　子どもは案外そういうところを察するからね」

医師の言葉が胸に刺さった。私が神経質？　今までそんなふうに自分のことを思ったことはない。もし神経質だとしても、泣いている芽依を放っておくわけにもいかない。私はどう変わればいいのかわからなかった。母に電話をすると、「少しくらいは放っておいてもいいのよ」などと言う。けれど、ゆりかごに芽依を寝かせたままでは、芽依の泣き声は次第に大きくなり部屋を震わせる。集合住宅だから、いつどんな苦情が来るかもしれない、と思ったら怖くなった。そんなことを考えていると、こめかみがじくじくと痛んだ。

芽依は昼夜構わず泣いた。真夜中だっておかまいなしに私を起こした。寝不足がさらに頭痛を引き起こす。できれば誰かに芽依を預けて一日中ベッドで眠っていたかった。母にもう一度「甘えさせて」と言えればよかったのだが、その頃には私も意固地になっていた。芽依一人くらい、自分の手で育ててみせる、と。それなのに、体がだるくて動かない。食欲もない。頭痛薬はもうあまり効かなくなっていた。ミルクとおむつ替えはかろうじてこなしていたが、それ以上のことができない。正直なことを言えば、芽依のことがかわいいと思えない。そんな母親がこの世にいるだろうか？　私は自分を責めた。

部屋は荒れ、夫にはインスタントの食事を出した。いつかどこかで聞いた産後うつ、という言葉が頭に浮かんだ。自分はもしかして産後うつ、あるいはパニック障害か何かなのではないか？

「精神科でも心療内科でもどこでもいいの。私をそこに連れて行ってほしい」

　ある日、思いきって夫に相談した。

「……どうして？」

「私はうつか何かの心の病気だと思う」

「君は芽依の面倒をちゃんとみてるじゃないか。心の病気なんかじゃない。そんなことあるもんか。君が体のつらいときには僕が芽依の面倒をみるから」

　夫はとりあってはくれなかった。それはそうだろう。ある日、妻から「心の病気かもしれない」と言われて動揺しない夫はいない。素直に認めたくなかったあの日の夫の気持ちも今になれば十分わかる。ただ、私は夫にそう言わざるを得ないほど追い詰められていた。

　あの長い冬がその年もやって来た。閉め切った暖かい部屋の中で芽依が泣き続ける。あやしても泣きやまない。頭痛と動悸《どうき》がした。息が苦しい。私は思わず掃きだし窓を開けた。素足でベランダに出る。ベランダの柵《さく》から身を乗り出して外を見た。当時、五階に住んでいた。足がすくんだ。ここから飛び降りれば楽になれるのではないか、と考えている自分が恐怖だった。芽依を残して死ぬわけにはいかない。そう思っているのに、なぜ日々はこんなにもつらいのか。もう芽依にやさしい言葉をかける余裕も笑いかける余裕もなかった。

　ある平日の夕方。やはり芽依は泣きやまなかった。鈍い頭痛と息苦しさがまたやって来た。そのとき、無意識に芽依の口を手のひらで塞《ふさ》ごうとしている自分がいた。はっと気づいて手のひらを離す。私は今何をしようとしたのか。自分のことが恐ろしかった。

「芽依、芽依、ごめんなさい」

芽依を抱きしめて私はただひとり泣いた。このままでは自分が何をしでかすかわからない。ふいに頭に浮かんだ。芽依から離れないと自分は……。

夫は娘を風呂《ふろ》に入れていた。リビングの床には芽依の着替えの準備。お風呂上がりに飲ませる麦茶も用意した。浴室からは芽依のはしゃぐ声が聞こえてくる。私の前では聞かせてくれないそんな声。私は母親失格だ。芽依の命をなしにしようとした。そう思った瞬間、私はサンダル履きで家を飛び出していた。どこをどうやって東京へ帰ったのかも記憶にない。コートすら着ていなかった。そして翌日、私は父の店のドアを開け、その場で倒れたのだった。

両親に連れて行かれた病院で重度の産後うつとパニック障害と診断された。三カ月の入院。私は眠り続けた。退院後は実家に身を寄せ、芽依に会いたいと毎日泣き暮らした。

入院中から両親は度々、あの町に行って夫に私の病状を話してくれた。夫は納得したが、夫の家族が、特に夫の母が私がしでかしたことを許さなかった。義母からの手紙には「子どもを捨てるような人に子育てを任せることはできません」と書かれていた。その通りだと思った。

二十代の後半を私は精神科への通院と父の店の手伝いに費やした。

店には時々、赤んぼう連れのお客さんもやって来た。芽依くらいの赤んぼうだった。動悸がした。バックヤードのソファに横になり、薬を飲んで嵐が過ぎ去るのを待った。子どもの泣き声がバックヤードまで聞こえてくると、私も声を上げて泣いた。あんなに子ども好きだった父なのに、「子連れはお断り」という小さな紙を店のドアに張った。

夫と、夫の家族に離婚を迫られた。反論の余地はない。彼にはどこにも悪いところがない。悪いのは私なのだ。我が子に手をかけようと思った罪。私は送られて来た離婚届にサインと捺印《なついん》をして、あの町にいる夫に送った。

仕事も子育てもうまくはいかなかった。私には何もできることがない。そう悟った。だから、父に倣い、一杯のおいしいコーヒーを淹れることができるようになろうと自分の心に誓った。とはいえ、何度コーヒーを淹れても父は納得した顔をしない。私は三十歳になっていた。そんな最中《さなか》、父が店で倒れた。父の体はがんに冒されていた。母と共に父の看病にあたった。父の店を閉めるわけにはいかない。そう思っているのに、一杯のおいしいコーヒーすら淹れられない自分に客商売ができるとも思えない。仕方無く、店を閉めた。長患いの末の父の死。そして母も父のあとを追うように亡くなった。そうして私はひとりになった。

父も母もいなくなった店のなかから、私はただ、店の前を行き交う人たちを見て過ごしていた。父と同じくらいの年配の男性を見ては泣き、母の面影がある女性を見ては泣き、芽依と同じくらいの幼い子どもを見ては泣いた。

旬先生やさおり先生と出会ったのはその頃のことだ。

最初、自分が心を病んだことのある人間である、とはなかなか言えなかった。さおり先生も我が子を亡くす、という悲しみを抱えた人だった。彼女のサポートがなければ、コーヒーの淹れ方を学び直すことも、店をもう一度開くこともできなかっただろう。けれど、そうまでしてもらっても、大の恩人である彼らに自分の心の闇を詳《つまび》らかにすることはできなかった。病で子どもを亡くした人と、自ら子どもの許《もと》を去った自分とはまるで違う。旬先生とさおり先生が自らのクリニックを開いたあとも、しばらくは足を向けることができなかった。


元の連れ合いは芽依が幼稚園に入る前に再婚をし、彼は新しい妻と、芽依は新しい母と、新しい生活をスタートさせた。元の連れ合いは筆まめな人で、芽依の成長ぶりをしばしば手紙で知らせてくれた。私は彼あてに短い返信を書いた。私から芽依のことを聞くことはなかった。

いつも写真が同封されていた。手紙はいつしかメールになり、時々、芽依の写真が添付されている。あの籐のゆりかごのなかでぐずっていた芽依は、私の手を煩わせることなく、小学生になり、中学生になり、高校生になった。今は上京して東京の私大に通っているらしい。どこの大学か、どの町に住んでいるのかも彼のメールには書かれていなかった。それはそうだろう。実の母親が住んでいるのだ。私が何をしでかすかわからない。彼のメールにそう書いてあったわけではないが、自分が彼の立場だったら同じようにしただろう。

とはいえ、芽依が東京にいると知ってから、若い女性客が来ると落ち着かなくなったのは事実だ。澪ちゃんの考案したパフェが人気になってからは特にそうだ。若い女性客のなかにもしかしたら芽依がいるのではないか。そう思うと、コーヒーを淹れる手がかすかに震えることもあった。そうして、私は眠れなくなり、旬先生を頼った。けれど、芽依と再会する日は私が想像するよりもずっと早くやって来たのだった。


秋の長雨が続くある日のことだった。お客さんもいなくなり、澪ちゃんを先に帰し、今日は早めに店を閉めようと思っていた。カランとドアのベルが鳴る音がする。顔を見た瞬間、すぐにわかった。彼が送ってくれた写真どおりの芽依がそこに立っていた。丸顔で眉《まゆ》毛《げ》が下がり気味なところが私に似ている。赤んぼうの頃からあった、右目尻《めじり》の小さな黒子《ほくろ》があるのだから間違いはない。しばらくの間、私たちは見つめあっていた。私はもちろんだが、芽依も緊張しているのがわかる。

「あの、溝口《みぞぐち》純さんという方はいらっしゃいますか?」

声が震えている。芽依はわかっているのに改めて聞いた、という気がした。

「……私ですけれど」

いいえ、と言う選択肢もあったはずなのに、気持ちより先に口が答えていた。

「あの、少し待っていただけますか?」

緊張で思わず敬語になってしまう。ドアにcloseの札をかけ、芽依をテーブル席に座らせる。雨が次第に強くなってきた。

「濡れませんでしたか？」

芽依が黙って首を振る。

「何か飲みますか？」

自分の声が震えているのがわかる。芽依はもう一度首を横に振った。

私はカウンターに行き、ふたつのグラスに水を注いで、フロアに戻って、テーブルの上に置いた。芽依が顔を上げて私を見る。

「私、芽依です。娘の……」

その瞬間に自分の目から涙がこぼれていた。

「芽依、さん……」どう呼んでいいのかもわからない。

「じゃあ、私の母さん」

私は頷《うなず》いた。芽依も泣いている。ここに来るためにどれだけの勇気が必要だっただろう。

「どうしてここが？」

「父さんの手紙を見て。父さんの部屋の机の引き出しに手紙の束を見つけて。古い手紙の束を。最初、父さんが浮気をしているのだと思ったの。だけど、こっそり読んだら、私のことが書いてあって。もしかしたら、この人が本当の母さんなのかも、と思ったの。手紙のなかにここの住所が書いてあったでしょう。父さんに知られないように、ここの住所をメモして。東京に出たら、まずここに来ようと思ったの。だけど、なかなか勇気がなくて。それにお店、いつも混んでいるから」

本当の母さん、という言葉の響きにどぎまぎする。芽依がスマホを取り出す。

「これを見れば、私の話が嘘じゃないってわかってもらえると思って……」

白い細い指で画面をスワイプする。

「これが私の父さん」

確かに元の連れ合いがそこにいた。芽依の写真はいつもメールに添付されていたが、彼の写真はなかった。見慣れぬ姿にはなっているものの、確かに若い頃の面影がある。私は心のなかで彼に頭を下げた。

十九年ぶりの親子の再会。けれど、本当に今、自分は元の夫の許可もなしに芽依に会っていいのだろうか。それがわからない。芽依が今日、ここにいることはきっと彼も知らないはずだ。

「今、どこに住んでいるの?」と聞きかけて、その言葉をすぐ胸にしまった。そんなことを尋ねる権利も知る権利も私にはないのだ。それでも芽依は屈託がなかった。

「中学生のときにわかったの。私には本当の母さんがいるって。東京にいるんだって。だから、頑張って東京の大学に進学したの。……本当は東京に出て来たらすぐこのお店に来たかったんだけど、やっぱり少し怖くて」

そう言って芽依は泣いた。芽依に触れたかった。頭を撫で、手を取り、抱きしめたかった。けれど、本当にそうしていいのかがわからない。

「また、このお店に来てもいい？」

そう尋ねられて、

「いつでも来ていいのよ」とは言えなかった。本当はいつだって来てほしい。でも……。

「芽依、さんのお父さんに話さないと」

私がそう言うと芽依が首を振る。

「父さんなんか関係ない。父さんも母さんも妹がいればいいんだもん」

子どものように口を尖《とが》らせる。気になる言葉を放つが、それを自分が聞いていいのかどうかもわからなかった。芽依と会えたことはうれしかったが、私はひどく混乱していた。言葉の少ない私に芽依は不満そうだった。私に何かを話してもらいたい。私に言葉をかけてもらいたい。そういう気持ちで芽依はここに来たはずだ。

「また来るね。私も母さんも東京にいるんだから」

何も言わない私の言葉を待つこともなく、それでもかすかに期待外れの顔をして芽依は店をあとにした。カランとドアの閉まる音。私はソファにどさりと腰を下ろした。ひどく緊張していたのか、こめかみのあたりに鈍い痛みを感じた。

「また来るね」の言葉どおり、芽依はあの日からしばしば店を訪れるようになった。

大抵は店を閉める直前で、澪ちゃんも帰ったあとの時間、まるで迷い猫のようにするりと店に入ってくる。もしかしたら、閉店間際になるまでどこかで時間をつぶしているのではないか、という気がした。

芽依もまた、若い頃の私と同じようにコーヒーは苦手のようだった。ミルクたっぷりのカフェオレを出しても、山のように砂糖を入れ、それでもまだ苦いのか、スプーンでおそるおそる口に入れる。そんな姿を見れば、芽依に哺乳瓶《ほにゅうびん》でミルクをあげていた日々を思い出して胸がきしんだ。どこに住んでいるとか、どこの大学に通っているとか、私のほうからは何も聞かないのに、芽依は屈託なく口にする。私は聞かなかったふりをした。

それでも、「ちゃんと食べているの?」と幾度も言いたくなる瞬間はあった。とはいえ、それは私が芽依にかけていい言葉ではない。心は迷ったまま、芽依が短い時間で店をあとにすれば、次はいつ店に来るのか、その日を待ち望んでいる自分がいた。

こんな時間が長く続けばいいと願った。けれど、芽依との再会は元の夫に伝えていない。芽依も自分の父親には話していない様子だ。芽依とこんなふうに会っていいものなのか、それがやっぱりよくわからない。芽依が帰った夜は、必ずひとつの光景が頭をよぎった。あの夜、あの町の、あの部屋をひとり飛び出した自分。悪いのは自分。芽依とこんなふうに会う権利があるはずもない。それでも日を置かずに芽依は私の店にやって来る。

「父さんと母さんはどうして離婚したの?」

ある夜、芽依が私に聞いた。芽依の上唇にカフェオレのミルクがついている。私の心は動揺していた。私は芽依の唇を指差し、紙ナプキンを渡した。

「…………」何かを言おうとしたが、口が開かない。芽依がかすかに苛立《いらだ》った視線で私を見つめる。芽依は何も知らないのだ。私のしたことを。元の夫も芽依に事の経緯を話してはいないのだろう。

「父さんが浮気でもしたの？」

「違う」

「暴力をふるったとか？」

「そんなことあるわけがない」

「じゃあ、なんで……」

「……あのね芽依……」

芽依がカウンターの椅子から下りて横にあったバッグを手に取る。その顔がくしゃりと歪《ゆが》んだ。

「私には二人、母さんがいるのに、なんだかどちらともちっとも心が通じ合っていないみたい。新しい母さんは妹だけがかわいいみたいだし……だって、そもそも血が繫《つな》がってないしね」

「そんなことを言ったらいけない。血の繫がりがなくても、お母さんは、ちゃんと芽依のことを育ててくれたでしょう？」

芽依の反抗的な目。涙が浮かんでいる。

「母さんはなんにも知らないのに、どうしてそんなことが簡単に言えるの？　どうして私に冷たいの？　どうしてバイトの女の子にはあんなに優しく笑いかけるの？　私が住んでいる町とか、通ってる大学とか、母さんはなんにも聞かない。私に興味がないみたい」

芽依がドアを開け出ていこうとする。私は駆け寄り、思わず腕を摑《つか》んだ。

「あのね芽依。父さんと離婚したのは全部母さんが悪いの。悪いのは全部母さんなの。母さんの話を聞いてくれる？」

芽依をソファに座らせた。どこから話したらいいのだろう。それでも私は言葉を紡ぐ。芽依が生まれて天にも昇るほどうれしかったこと。けれど、産後うつという心の病気になって、面倒が見られなくなったこと。発作的に家を飛び出したこと……。わかってくれなくてもいい。けれど、すべて正直に話したかった。

「それで私を置いていったの？」

「そうじゃない。芽依を生かすために、私は家を出たの」

「生かす、ために？」

「それくらいあの頃の私の心の状態はひどかった。でも、芽依がかわいくなくて、あの町に残したんじゃないの」

「でもひとりぼっちにしたんだよね。私を……」

芽依が立ち上がる。バッグを手にしてドアを開ける。芽依が履いていたブーツの踵《かかと》の音が遠ざかっていく。その足音を聞くのは今日が最後のような気がした。そうして、そのあと、芽依が店に姿を現すことはなくなった。

瞬く間に二カ月が経った。商店街に冬のネオンが輝くようになった。

「純さん、少し疲れてませんか？　顔色も悪いみたいだし。このあと、お店、私一人でも大丈夫ですよ。今日はもう純さんだけでもお休みにしたら？」

「そうしようか、澪ちゃんのお言葉に甘えて」

散らかり放題の自分の部屋に帰る気にはならなかった。澪ちゃんにはよく休め、しっかり食べろと言いながら、自分の体のことは後回しになっていた。

久々に椎木メンタルクリニックに行こうと思った。旬先生とさおり先生の顔を見たいと思いながら、年末の忙しさで延ばし延ばしになっていた。駅前にできた新しいケーキ屋でケーキを買ってクリニックに向かった。

時間は午後二時。午後の診察が始まる一時間前だ。

ケーキの箱を差し出して言った。

「これよかったら食べて。じゃ」

「そんなに急いで帰らなくても。お茶くらい飲んでいって」とさおり先生が笑う。

誰もいない待合室で旬先生とさおり先生とテーブルを囲んだ。

「うん、うまいなこれ」と旬先生。

「ほーんとおいしい」とさおり先生もケーキを気に入ってくれたようだった。

「よかった」私はさおり先生が淹れてくれたハーブティーを飲んだ。

「診察が必要？　だったら午後、空いてる時間もあるけれど」旬先生が私の顔を見て言う。

この二人には隠しごとはできないな、とつくづく思った。

「それほどのことじゃないの。ちゃんと眠れているし、パニックが起きるわけでもないし」と言いつつも、その場で、私は娘である芽依との一連の出来事を話したのだった。旬先生が口を開く。

「僕が娘さんにもう一度話そうか。純さんの病気のこと」

「ううん、多分、もう娘は店には来ないと思うの」

「それでいいの？　純さん」さおり先生がティーカップを手にしながら言う。

「娘に合わせる顔なんて今さらないもの」

旬先生が口を開く。

「でも、娘さんは純さんに会いたくてわざわざ来たんだろう？　店を探してまで」

そう言われれば胸はまたきしむように痛んだ。店のドアを開けるまでどんなに勇気が必要だったろう。

「彼女には故郷にちゃんとした母親もいるのよ。私の出る幕なんてないわ」

「二人いたっていいじゃない」ほんの少し、さおり先生の声が大きくなった。

「母親が二人いるなんて珍しいことじゃないんだよ。それは間違ったことかなあ」

旬先生が伸びをしながら言う。

「でも、私には母親の資格なんてないもの」

「資格がないと母親になれないのかな」私の顔を覗き込むようにしてさおり先生が言う。旬先生が言葉を続ける。

「純さんは一生懸命育てようとして、心を病んだ。子育て中に心を病むお母さんは数え切れないくらいいるよ」

「でも、子どもを置いて……」

「娘さんを生かそうと思ったからでしょう。純さんはそのときできる最善のことをしたんだよ」さおり先生が私の背中を擦《さす》りながら言う。正直なことを言えば、今すぐにでも、二人の前で声を上げて泣きたかった。

「ごめん……休憩時間なのに診察になっちゃったね」

「いいのよ、このおいしいケーキごちそうになったし」さおり先生が鼻に皺を作って笑う。

「純さん、今日はもうまっすぐ家に帰ってゆっくり眠ったほうがいい。なんにも考えずにとにかく横になるんだよ」そう言う旬先生とさおり先生に見送られて、私は椎木メンタルクリニックをあとにしたのだった。


散らかった場所や汚れた場所には目をやらないようにして、私は夕方からベッドに潜り込んだ。とにかく今日は旬先生とさおり先生の言うようにぐっすり眠ろう。すぐに深く眠り、いくつかの夢を見た。あのゆりかごに芽依が眠っている。私が買った籐のゆりかごではなくて、ベルト・モリゾの絵の、ヴェールのかかったあのゆりかごだ。芽依はそのなかですやすやと穏やかな寝息を立てている。夢のなかで自分は芽依を置き去りにした母親ではなかった。芽依は私の許で成長し、幼稚園に通い、小学生になり、中学生になった。自分は「純喫茶・純」の店主ではなく、一人の母親としての人生を全うしていた。あったかもしれないもうひとつの人生、と思ったところで目が覚めた。目尻から涙が流れていた。それを着たままだったシャツの袖《そで》で拭う。袖からコーヒーの香りがする。洗っても洗っても染みつくコーヒーの香り。でも、私はこういうふうにしか生きることができなかった。

ベッドから抜け出し、デスクに向かう。まだ午後八時前だった。パソコンに向かい、元の連れ合いにメールを書く。芽依が店に来ていることを簡潔に書いた。送信。しばらくして、携帯が震えた。慌てて耳にあてる。

「今、大丈夫ですか?」

十九年ぶりに聞く声だった。やはり声も年齢を重ねている。そして、それは自分もそうなのだろう。

「メールをありがとう。君も随分驚いただろう」

「…………」なんと答えていいかわからず、私は黙った。

「君が住んでいる町や店のことは、頃合いが来たら、僕から話すつもりだったんだ。だけど、君の店の場所なんて調べればすぐにわかってしまう時代だしね」私は芽依が彼の手紙を盗み見たことは言わなかった。私は聞きたかったことを聞いた。

「私は芽依、さんと会ってもいいのでしょうか?」

「…………」長い沈黙が続く。電話のうしろに、ほかの家族の気配はない。もしかしたら、彼はまだ会社にいるのかもしれないと思った。

「東京の大学に行きたい、と芽依が突然言いだしたのも、君がそこにいると知ったからだと思う。そのことで母親と少しもめてね。いや、なに、いつもの口喧嘩でたいしたことじゃないんだ……君はそのことで責任を感じないでほしい」

「……ええ」

「芽依が会いたいと言うのなら、会ってやってくれないか。迷惑でなければ」

「迷惑だなんて、そんな……」

「不安だと思うんだ。知り合いも誰もいない東京で。芽依にとってみれば進学よりも君に会うことのほうが上京した目的だったのだから。くり返すけれど、こちらのことは何も心配いらない」

「……ありがとう」

脳裏にあの町が浮かんだ。彼と二人で芽依の誕生を喜び、子育てをしたあの町。もうすっかり冬だろう。重い灰色の雲から気がつけば降ってくるみぞれ混じりの冷たい雨。今、あの町を思い出しても、自分の心は憂鬱にはならなかった。芽依が生まれ、育った町。その町にいる彼と、芽依を育ててくれた女性に心のなかで静かに頭を下げた。

メールが届いた音がした。彼からだった。芽依の住所や携帯番号、メールアドレスが記されている。私は彼に御礼のメールを送り、芽依にメールを書き始めた。

長い、長いメール。読み捨てられてもかまわなかった。どうして私が芽依を置いて家を出たのか。どう伝わるのかもわからない。こうすることすら、私のエゴなのかもしれなかった。最後に、〈またカフェオレを飲みに来てください〉と書いた。芽依に会いたかった。今すぐ。いえ、もう一度。メールを送信して深いため息が出た。ネットでベルト・モリゾの『ゆりかご』を検索した。父からもらった絵はがきはなくしてしまっていた。すぐに絵が出てくる。ポスターも販売されていた。この絵を店のいちばんいい場所に飾ろうと思った。父が、私と芽依を繫いでくれたような、そんな気がしたからだ。

『ゆりかご』のポスターはすぐに届いた。私はそれを額装し、窓辺の壁に飾った。

澪ちゃんがバイトの人数を増やしてほしいと伝えてきたのは、その翌日のことだった。もうすぐ就活が始まるから、と言う。

「本当にそれだけの理由?」

「私だっていつまでもここでバイトして純さんの隣でずーっとパフェが作れたらいいですけど、就職しないと東京で食べていけないので!」

「でも、パフェの注文がいくつも来て手が足りないときはどうすればいいの?」

「それはこれがあるから大丈夫です!」

澪ちゃんが一冊のノートを出した。表紙に大きく『純喫茶・純　バイトマニュアル』とある。

「いつの間にこんな……」

ページをめくる。パフェの作り方が図解で示されている。接客の方法や、店内やトイレ、バックヤードの掃除の仕方。確かに新しいバイトの子にこれを見てもらえば、私の負担は少なくなる。その日に、店の外にバイト募集の張り紙をした。時給があまり高くはないせいか、しばらく経っても応募はなかった。喫茶店のバイトは意外に重労働だし、手先の器用さも必要だ。贅沢《ぜいたく》なことを言えば、澪ちゃんのような子に来てもらえれば有り難い。

張り紙をして二週間が経った頃だろうか。午後六時過ぎ、ドアがカランと音を立てて開き、芽依が緊張した面持ちで入ってきた。

「あの……バイト、まだ募集していますか？」

「はい。もちろん！」黙ってしまった私の代わりに返事をしたのは澪ちゃんだった。

もしかしたら、芽依が来るのではないか。そう思わなかったといえば嘘になる。けれど、あの夜に送ったメールの返事もなかった。母親である私に失望し、もう二度とここには来ないだろうと思っていた。久しぶりに見る芽依は髪を短く切り、薄く化粧もしているように見えた。お客さんはほとんどいなかったので、店の奥のテーブル席で面接をした。履歴書の丁寧な文字。芽依の向かい側に澪ちゃんと並んで座る。

「どうしてこの店でバイトしようと思ったんですか？」と澪ちゃん。

「……大好きな人がコーヒーが好きで、私もコーヒーが好きになりたいと思いました」

ふと、彼氏かな、と思った。もしそうであってもおかしくはない話だ。

職歴に大手コーヒーチェーンでバイトの経験がある、と書いてあった。

「このバイトはどれくらい続けたのですか?」私も尋ねた。

「東京に来てからなので、半年と少しです」

芽依も緊張している。あとは週に何日入れるか、とか、夜は何時までできるか、とか当たりさわりのないことを芽依に尋ねた。

「じゃあ、すぐにこちらからスマホに連絡しますね」

澪ちゃんがそう言って芽依を帰した。

「あの子なら絶対に大丈夫です!」と強く主張したのは澪ちゃんだった。

「澪ちゃんがそこまで言うのなら……」

少し迷ったが私も同意した。芽依以外に応募者もいないのだから。そう思ったものの、私はそのとき叫びだしたいくらいうれしかった。芽依と共に働ける。芽依がやって来る前日はうれしさと期待で眠れなくなったほどだった。

そしてバイト初日。

「今日からどうぞよろしくお願いいたします」そう言って芽依は深く頭を下げた。芽依は慣れた手つきでテーブルを拭き、オーダーを取る。確かに飲食店のバイトに慣れていた。閉店間際に澪ちゃんがやって来て、芽依にパフェの作り方を教えた。二人でカウンターに入り、澪ちゃんの指導のもと、芽依がパフェグラスにアイスクリームやパウンドケーキの欠片《かけら》やコーンフレークや生クリームを順番に入れていく。最後に小さなマシュマロを散らし、オレンジや苺、ミントの葉を飾った。時間はかかったが、確かにパフェらしきものはできた。いつ用意したのか、澪ちゃんが出来上がったパフェの上に、砂糖菓子のサンタを置く。

「クリスマスまで、これを絶対に忘れないでね」と澪ちゃんは念を押した。

「じゃあ、私は用事があるので」そう言って澪ちゃんは慌てて出ていく。その姿を見て、旬先生かさおり先生が澪ちゃんに何か言ったのかもしれないな、とふと思った。

出来上がったパフェはカウンターの上で少しずつ溶け始めていた。

「食べちゃおうか」芽依にそう言い、長いパフェスプーンを彼女に渡す。二人で交互にパフェを食べ進めた。

「おいしい」芽依が微笑む。口の端にアイスクリームがついている。私はそれを紙ナプキンで拭った。芽依が店のなかをぐるりと眺める。奥のテーブル席に、年配女性の二人組がいるだけだ。それでも芽依は声をひそめて言う。

「あのね……ううん、お願いがあるんです」照れて私の顔から視線を外したが、もう一度、私の顔を見て言う。

「私にコーヒーの淹れ方を教えてほしいんです。そうしたら少しはお店の仕事、休むことができるでしょう、純さん……」

芽依は母さんとは言わなかった。純さんで、それでよかった。芽依の母さんはあの町にいる母さんのことだ。私はふと壁の絵に目をやった。『ゆりかご』の女性がヴェールの向こうで眠る幼子を見つめている。私は芽依の手を一度、強く握った。その手はつるりとしていてあたたかかった。赤んぼうの頃、顔の横で結んでいたちいさな拳《こぶし》を思い出した。

「じゃあ、おいしいコーヒーの淹れ方、教えるね。あ、その前に」

そう言って芽依をバックヤードに連れて行った。その奥に置いた父の写真を見せた。

「私の父なの。この店を作った人。コーヒーを淹れる前には必ずお願いするといいよ」

「私の、おじいちゃん」芽依は写真立ての前で白い手を合わせた。店内に戻ると、テーブル席の女性が会計を待っている。

「お待たせしてすみません」と芽依が慌てて会計を済ませた。私は店のドアにclose の札を下げた。店の外は東京の乾いた冬のにおいがした。

「じゃあ、始めようか」

芽依と二人カウンターに並んで立ち、コーヒーの淹れ方を教えた。店の窓が湯気で曇る。カウンター席、テーブル席、もうお客さんはいなくて、店の中には私と芽依しかいない。けれど、あたたかい店のどこかに父がいるような気がした。私は『ゆりかご』の絵をもう一度見つめ、そうして芽依においしいコーヒーの淹れ方を教え続けた。

エピローグ

「これから就活忙しくなるんで！」と純さんに伝え、バイトの日数を減らしてもらったものの、私の想像以上に就活はうまくいかなかった。

入社したいのはアパレルメーカーで、洋服に関する仕事ができればどんな内容でもいい、と思っていたが、昨今の不景気でアパレルメーカーの門は狭かった。東京にいられるならばどんな内容でも、と自分のなかでやりたい仕事のハードルをぐっと下げたものの、ほとんどの場合、そのハードルの手前にすら行くことができない。なんとか面接に進んでも、「今回は残念ながら……」というメールをもらうたび、私の心はぐさりと傷ついた。

うつになって、大学を一年休学したことがやっぱり影響しているのかな、と考えると、人生でとんでもない失点をおかしてしまった気になる。大学に入学したときのように、眠れなくなったり、ごはんが食べられないということは、今はもうない。けれど、心はいつも百パーセント元気、というわけにはいかなかった。

「純喫茶・純」の前を通るときには、思わず早歩きになる。それでも気になって隠れるように窓から中を覗《のぞ》くと、芽依ちゃんと純さんの姿が見える。カウンターの中で純さんは真剣な顔でコーヒーを淹《い》れ、芽依ちゃんはパフェの飾り付けをしている。やっぱり二人は親子だ。顔がよく似ている。それを見て思う。バイトはまだ週に一度ほど通ってはいるけれど、もうあそこには私の居場所はなくなりつつあるんだ、と。それなら就活の合間にお客さんとして通えばいいじゃないか、と思いもしたが、今度、あの馴染《なじ》みのカウンターでコーヒーをのむときには、純さんにいい知らせを伝えたかった。

前を向いて人にぶつかりそうになって、「ごめんなさい」と俯《うつむ》いたままで立ち去ろうとすると、その人が私の腕をつかむ。なによ、と思って顔を上げると、さおり先生だった。隣には旬先生もいる。

「純さんのところに行くのよ。澪ちゃん、いっしょに行かない？　今、帰りでしょう？」

「えっ、あの、その……」

「その顔じゃ夕ご飯もまだだろ？　おごるからいっしょになんか食べよう、僕らももうおなかぺこぺこなんだよ」そう言って、旬先生がおなかのあたりをさする。さおり先生が私の腕をふわりとつかんだまま、「純」に向かい、ドアを開けた。

「いらっしゃいませ」と顔を上げる純さんと芽依ちゃん。

「あら、三人で珍しい。さ、どうぞこちらへ」と純さんが私たちをテーブル席に案内してくれる。芽依ちゃんが水の入ったグラスとメニューを持ってくる。その一連の作業にはまったく無駄がなく手慣れていて、もう私が何かを教えることもないな、とふと思う。

「なんでも好きなもの食べな。僕はシチューセット」旬先生が言う。

「私はハンバーグサンドとカフェオレと食後にパフェ」さおり先生がそう言ったら私のおなかがぐーっと鳴った。

「澪ちゃんにも同じもの、ね」私の顔を見てさおり先生が微笑む。

旬先生もさおり先生も「就活どう？」とか「うまくいってる？」なんてことは一言も私に言わなかった。純さんは「もう澪ちゃん、バイトじゃないとぜんぜんここに顔を出さないから」と半分怒った顔でみんなの料理を運んできた。私が手伝おうとすると、「お客さんは座ってなさい」と今度は本気で怒られる。

「なにか変わったことや心配なことがあったら、すぐに来るのよ」

さおり先生がそう言いながら、ぱくぱくとハンバーグサンドを食べ進める。そう言われて、きゅっと涙が出そうになったけれど我慢した。「はい」と返事をするのが精一杯だった。料理を食べ終える頃、芽依ちゃんが緊張した面持ちでパフェを二つ持ってきた。教えたとおり、どこも間違ってはいない。「おいしい！」私とさおり先生が同時に言うと、芽依ちゃんは恥ずかしそうに笑った。この店に来て、旬先生とさおり先生と食事をしていたら、ちょっと冷たくなっていた心がほかほかになった。

明日も面接がひとつある。洋服を作る会社じゃなくてファミレスの会社だった。本当のことを言えば、志望外の会社に行きたくはない。だけど、東京に残ってこのまま一人で食べていくには、仕事は選んでいられない、ということを私は知った。いっときは、母が一人で住んでいる故郷に戻る道を考えたこともある。けれど、あの町には就職口がない。「公務員になるか、介護士になるくらいしか選べないんだよ」と地元の友人に聞かせられれば、やっぱり私はどんなことをしても東京で生きていきたいと思ってしまう。

できれば正社員として、アパレル以外の会社でもなんでもいいから仕事を覚えて、そこから、もう一度自分がしたい洋服のデザインの仕事にチャレンジしてみようか、とも思うけれど、また、回り道か、と考えてしまう自分もいる。少しでも時間があれば、そんなことをつらつら考えてしまう。もうこんな時間だ。お風呂《ふろ》に入って早く寝なくちゃ、とバスタブにお湯を溜《た》めているときにスマホが震えた。芽依ちゃんからのＬＩＮＥだった。

〈純さん、お店の入口で派手に転んで。今、病院から帰って純さんの家にいるんですけど……〉

えええっ。私は〈すぐ行くから〉と返信をして、純さんの家に向かった。

「もう、そんなにたいしたことじゃないのよ」と言いながら純さんは杖《つえ》を使って立ち上がろうとする。後ろから芽依ちゃんが支え、ふらふらしながらすぐに椅子に座った。

「杖をつけばなんとか立つことはできるんだから」純さんはそう言うが、この様子なら普段と同じように店のなかをきびきびと動くというわけにはいかないだろう。

「お店はしばらく休業するしかないね。杖なしで歩けるまで二週間はかかるそうだから」

「えっ……」

たくさんのお客さんの顔が浮かんだ。毎朝、コーヒーをのみに来るおじいさん、おばあさん、家事を終えてやってくる主婦の人、会社帰りのサラリーマンやＯＬさん、週末にパフェを食べにやってくる若いカップル……。みんな、たいそう、がっかりするだろうと思った。それ以上に二週間店を閉めることは「純喫茶・純」にとって大きな損失になるような気がした。純さんレベルとはいかないが、コーヒーなら芽依ちゃんも私も淹れることはできるのだ。

「純さん、私と芽依ちゃんに二週間、お店任せてもらえませんか？」

「ええっ」

「明日から猛特訓。私と芽依ちゃん、純さんと同じくらいのコーヒー淹れられるように頑張ります」

芽依ちゃんが私の顔を見て頷《うなず》く。

「だって、澪ちゃん就活は……」

「……実は……あんまりうまくいってないんです。入りたくない会社でしたくない仕事するより、純でバイトして、バイトしながら仕事を見つける方法もあるんじゃないかと思っていて……純さん、それじゃだめですか？」

「そりゃ私は澪ちゃんがいてくれれば心強いけど……」

「芽依ちゃんもいてくれるから、私も頑張れると思うんです」

「それは有り難いけど、学業と就活は最優先にしてよ。お願いだから」

「はい」芽依ちゃんと私が同時に返事をした。


そうして翌日から私と芽依ちゃんの猛特訓が始まったのだった。店は水曜日の休業日だったから、明日の木曜日を一日臨時休業にしてもらった。二日間で私と芽依ちゃんは純さんに少しでも近づかないといけない。店を閉めていても、お客さんが何人も窓から店の中をのぞき込む。どれほど「純喫茶・純」がこの場所に根付いているかの証《あかし》だった。

カウンターの後ろの椅子に純さんに座ってもらい、コーヒーの淹れ方の指導を受けた。純さんの言うとおりに淹れても、コーヒーは純さんが淹れたもののようにおいしくはならず、どこか味がぼんやりしている。芽依ちゃんも私と同じように挑戦したものの、「澪さんほど上手《うま》く淹れられない」と泣きべそをかいてしまった。ならば、私がやるしかない。一日で何杯のコーヒーを淹れたのだろう。お昼も食べずに私はコーヒーを淹れることに熱中していた。足も腰も痛かった。火傷《やけど》も何カ所もした。私の横では芽依ちゃんがフードメニューの仕込みをしてくれていた。

「これならだいたい八十点」と純さんが言ってくれたのは、日もすっかり暮れた午後八時頃だった。ほーっ、と胸の深いところから安堵《あんど》のため息が出た。私は復習の意味を込めて、最後のコーヒーを淹れた。

「これなら九十点」純さんがほんの少しほっとしたよう顔で言ってくれたとき、どっと肩の荷が下りたような気がした。

店を開ける前には、バックヤードの奥にある純さんのお父さんの遺影に、その日最初のコーヒーを供え、今日一日なんとかうまく行きますように、と手を合わせた。

「純さんのコーヒーもおいしいけれど、澪ちゃんのコーヒーもおいしいよ」

お客さんにそう言われると、お世辞とわかっていてもうれしかった。純さんはレジカウンターの後ろに椅子を置いて、会計を担当し、私と芽依ちゃんに指示を出した。バイトには半日入ったことはあるが、朝から夜まで店にいたことはない。いかにそれが重労働かを初めて知った。純さんはこれを十年もこなしてきたのだ。頑張らなくちゃと思っても、私も芽依ちゃんも休憩時間にはバックヤードの休憩室で伸びていた。今日みたいな平日はまだいい。パフェのお客さんが多い週末の午後をどうするかが問題だ。

店を閉めたあとに純さんに相談すると、「店、無理に開けることもないのよ」と弱気なことを言う。

「でも、パフェを楽しみに遠くから来る人もいるんじゃないですか……明日、土曜日の午前中はお休みさせてもらって、午後からでも開けるようにしませんか？　日曜日は頑張って朝から開けてみても……」と芽依ちゃん。

それに対し私は言った。

「そうだ！　さおり先生に午後から手伝ってもらいましょう。だって、昔、手伝っていたって。土曜の午後と日曜は、診療お休みだし」

「そんな迷惑かけられない！」そう言う純さんの横で、すぐさま、さおり先生にＬＩＮＥを送った。もう診療時間も終わっている頃だ。すぐに返事が来た。クマのスタンプ。了解です！　の文字と共にクマが踊っている。

「手伝ってくださるそうです」私が言うと、

「嘘でしょー」と純さんが泣きそうな顔をしている。

「私が弱っていたときは純さんが助けてくださったじゃないですか。さおり先生は純さんに随分助けられたって。順番こでいいじゃないですか。困ったときはお互いさまです」

それは私が純さんやさおり先生や旬先生に教えてもらったことだった。

そして、土曜日の午後。純さんと芽依ちゃんと私、さおり先生と旬先生（お皿を洗いに来てくれた）の五人で店を開けたのだった。

「澪店長、どうぞよろしくお願いいたします！」さおり先生と旬先生が頭を下げた。

「なんでもしますんで！」と旬先生の張り切りようったらなかった。不安になって純さんの顔を見ると「今日は澪ちゃんが店長だからね」と念を押す。私も「はい」と神妙な顔で頷いた。店を開け、芽依ちゃんと二人で数え切れないほどのパフェを作り、コーヒーを淹れ、さおり先生に運んでもらった。純さんはみんなの様子を見て「ほんとにごめんね、ほんとにごめんね」とレジの後ろで小さくなっていたが、私が「純さん、その言葉もう禁止です！」と言ったら、「はい」と俯いて返事をした。

私はお皿を割った旬先生を叱り、オーダーを間違えたさおり先生を叱った。そんな立場じゃないとか言っていられないくらいの忙しさだった。「ほんとうにごめんなさい！」二人が小さくなってあやまる。誰が上とか下とか、年上とか年下とか関係なかった。足はやっぱり棒のようで体は疲れ切っていたけれど、なんだか楽しく、うれしかった。そんな気分になったのは久しぶりのことだった。

トラブルはたくさんあったけれど、私たち五人はなんとか土日の二日間を乗り切った。あと一回だけ、週末のお手伝いをさおり先生と旬先生にお願いすれば、なんとか純さんの足が治るまでこなせていけそうだった。

さおり先生が言った。

「もう、このお店、澪ちゃんと芽依ちゃんの二人で十分やっていけるわよ。純さんもっと休んだら」

「まさか！　未来のある二人にそこまでお願いできないよ。澪ちゃんだって、芽依だって、やりたいことがあるんだろうから」

「私ならぜんぜんやりますよ」そこまで言ったときにスマホが震えた。一通のメール。行きたかったアパレルメーカーの二次面接の案内だった。

「あっ！」みんなが私の顔を見る。

「すみません……。私、まだやりたいことありました。二次面接行かなくちゃ……」

「そりゃそうよ、こんな店にいつまでも縛るわけにはいかないもの」純さんがそう言うと、

「私はまだいますよー」と芽依ちゃんが答えた。

「私も気分転換にバイトしたい。でも旬先生はあんまり向いてないね」さおり先生がそう言って、皆で笑った。その日は、芽依ちゃん以外は、ほんの少しだけワインを飲んで楽しい夜になった。

純さんの足は順調に回復し、二週間後には元の通りの「純喫茶・純」が戻ってきた。私の二次面接は無事に終わり、最終面接に進むことができた。あとは合否を待つだけ。駅からの帰り道、私は改めて「純」の建物を見た。煉瓦《れんが》造り、二階建ての古い建物。外壁に縦

横無尽に伸びた蔦《つた》。今日は定休日だからどの窓にも灯《あか》りがついていない。

私はそのまま歩いて椎木メンタルクリニックに向かった。今日は診察を受けるわけでもない。けれど、無性にここに来たかった。今はもう眠れなくなることも、心が不安に震えることもない。その自分の健やかさがありがたかった。この町にある二つの居場所。東京に来て五年。「純」と椎木メンタルクリニックがあったから、今まで生きてこられた。支えられていたのは自分だ。

ふいにドアが開いて、さおり先生が患者さんを送りに外に出て来た。私はなぜだか電柱の陰に隠れてしまう。患者さんを送ると、さおり先生の小さな背中もドアの向こうに消えた。一階の、カウンセリングルームの灯りが消える。あの部屋でさおり先生に話を聞いてもらったことがもうとっても遠い日々に思える。暗い静かな庭でハーブの枝が揺れている。そのときスマホが震えた。お母さんからのLINEだった。

〈澪、元気にしているの?〉

私は反射的にクマのスタンプを送った。元気です、とクマが飛び跳ねている。涙でゆらゆらとクマのイラストが揺れる。再びスマホが震える。

〈澪、就活どう? 今度また東京に行くから私の愚痴を聞いてくださーい〉

親友の晴菜からのLINEだった。私はまた、了解です! と手を振るクマのスタンプを送った。スマホをポケットにしまう。そんなことがあるわけないのに、スマホがなんだかほかほかとあたたかいもののように感じた。東京でもどこでも、私の居場所と誰かとのつながりがあれば、私は生きていけると思った。切った爪のような細い月が空に光っている。その微《かす》かな光に照らされながら、私は自分の部屋に向かってゆっくり歩いた。

【参考文献】

『別冊　NHKきょうの健康　よくわかる　うつ病　診断と治療、周囲の接し方・支え方』総監修・尾崎紀夫（NHK出版）
『図解よくわかる　大人のADHD【注意欠陥多動性障害】』著・榊原洋一＋高山恵子（ナツメ社）
『満足のいく眠りのための正しい方法　不眠の悩みを解消する本』著・三島和夫（法研）
『こころの健康シリーズ　最新版　パニック障害の治し方がわかる本』著・山田和男（主婦と生活社）

産業医・精神科医の井上智介先生に監修いただきました。この場を借りて厚く御礼申し上げます。

初出

「キャンベルのスープ缶」　小説　野性時代　２０２０年６月号
「パイプを持つ少年」　小説　野性時代　２０２０年12月号
「アリスの眠り」　小説　野性時代　２０２１年６月号
「エデンの園のエヴァ」　小説　野性時代　特別編集　２０２１年冬号
「夜のカフェテラス」　小説　野性時代　２０２２年６月号
「ゆりかご」　小説　野性時代　特別編集　２０２２年冬号
「エピローグ」　書き下ろし

窪 美澄（くぼ　みすみ）
1965年、東京都生まれ。2009年、「ミクマリ」で第８回「女による女のためのR-18文学賞」大賞を受賞。11年、受賞作を収録した『ふがいない僕は空を見た』で山本周五郎賞を受賞、本屋大賞第２位に選ばれた。12年、『晴天の迷いクジラ』で山田風太郎賞を受賞。19年、『トリニティ』で織田作之助賞を受賞、22年、『夜に星を放つ』で直木賞を受賞。その他の著作に『アニバーサリー』『よるのふくらみ』『水やりはいつも深夜だけど』『いるいないみらい』『ははのれんあい』『夏日狂想』『タイム・オブ・デス、デート・オブ・バース』などがある。

夜空《よぞら》に浮《う》かぶ欠《か》けた月《つき》たち

2023年４月11日　初版発行

著者／窪《くぼ》 美澄《みすみ》

発行者／山下直久

発行／株式会社KADOKAWA
〒102-8177　東京都千代田区富士見2-13-3
電話　0570-002-301（ナビダイヤル）

印刷所／大日本印刷株式会社

製本所／本間製本株式会社

ISBN 978-4-04-111344-8　C0093